Pour qui s'avance dans la nuit

De la même auteure

Mourir au monde, Plon, 2021

Claire Conruyt

Pour qui s'avance dans la nuit

Éditions de L'Observatoire

ISBN : 979-10-329-2797-7
Dépôt légal : 2023, août

170 *bis* boulevard du Montparnasse, 75014 Paris

À celle qui était là, dans l'allée des tilleuls

« Tu as voulu que je vécusse dans la nuit, tu m'as rendu homme. »

NOVALIS

Ma mère danse sur un lac de glace, enlacée par une épaisse forêt noire. Seule, elle glisse sur des eaux immobiles, les bras en croix et la poitrine offerte à un ciel nu, sans relief ni nuages. Depuis le rivage, je la regarde triompher de ce paysage mort, de ce qui, en dessous, gronde. Le sol, bien que gelé, est trop mince. Belle imprudente, ma mère avance pourtant. J'entends l'immonde bruit de la glace qui rompt, un râle lointain, le bruit du fer qui grince et menace d'exploser. Je hurle, mais elle ne m'entend pas. Ma mère poursuit sa danse macabre et sourit. Tout autour, le chaos. Elle valse, elle tourne sur elle-même et, d'un seul élan, projette son corps dans les airs. Suspendue au ciel, ma mère embrasse le vide, tend les bras comme pour rejoindre son créateur. Mais ici, Dieu est absent. Ralentie dans sa course par une mystérieuse force, elle se déplace comme l'on se déplace sous l'eau. La bise glaciale, celle qui, il y a un instant, me mordait la nuque, tombe. Le monde se tait. Ma mère est paralysée. Je sens ma mâchoire se délier et ma bouche s'agrandir mollement. Mon cri, un cri urgent, ne vient pas. Ce monde n'en veut pas. Il est déjà trop tard. Le corps de ma mère cède à la gravité et s'écrase contre la monstrueuse surface blanche.

⸸

Ce soir-là, j'ai rêvé que ma mère dansait sur un lac de glace avant de disparaître, engloutie par les eaux. À mes côtés, mon petit frère dormait, je l'entendais inspirer, expirer profondément, et le bruit de ce souffle régulier agissait sur moi comme celui des vagues qui avancent. Allongé dans notre chambre, à même la pierre, je me perdais dans une nuit que la lucarne perçant le toit avait capturée. L'air était doux. Un chat est venu s'allonger sur la vitre encore tiède et m'a fixé. Des yeux jaunes à la pupille pleine et dans laquelle je croyais déceler un présage.

Je me suis endormi.

– C'est notre dernier été tous ensemble, Pierre.

Ma mère chuchotait, comme si elle me confiait là un grand secret.

– C'est notre dernier été et peut-être même notre dernier voyage... Ce sera inoubliable.

Elle chuchotait.

– Je crois que j'attends cela depuis toujours...

Il était tard, nous étions en avance, le ferry n'accosterait pas avant deux heures. Gagné par la fatigue, mon petit frère s'était assoupi sur les genoux de ma mère.

– Tu as vu comme il dort ?

Ses boucles noires couvraient son front, et son corps mince, ainsi recroquevillé, tenait sur la longueur d'un petit banc. Il se reposait comme les enfants se reposent avant un grand départ. Il rêvait, je le voyais à ses yeux qui roulaient sous ses paupières. Ma mère lui caressait la joue.

– Orphée... tout va bien. Nous partons.

C'était le soir. Nous étions seuls, seuls sur la berge déserte d'une ville née au bord de l'eau. Devant nous, la mer s'étendait, vaste et tranquille, mortellement silencieuse. Je sentais un monde entier vibrer. Un monde composé des choses, vivantes comme mortes, que les eaux avaient absorbées. Je distinguais le mât blanc d'un voilier que le ciel avait déposé là, et que la brise faisait tanguer de droite à gauche.

– Nous partons, répétait ma mère.

Comme une prière. Elle avait dû sentir mon inquiétude tandis que je fixais la pénombre.

– Pierre, nous partons, ça y est. Nous retrouvons notre île adorée.

Le ferry arrivait, nous allions y passer la nuit. Orphée dormait toujours.

– Fais comme lui. Prends des forces.

Rejoindre l'île revenait à quitter le monde, la flamboyante côte n'était plus qu'une frange sombre piquée de taches lumineuses. Peu à peu, elle disparaissait.

– Sjena, murmurait ma mère, penchée par-dessus la balustrade, une main nouant ses cheveux pris dans le vent. L'île des ombres...

L'île de nos ancêtres à la vie si misérable nous attendait. À chaque voyage, ma mère nous racontait l'existence de ceux dont nous partagions le sang. Les mêmes mots, toujours, pour la décrire : une vie dure, impitoyable, une vie de labeur. Les femmes aux champs de pommes de terre, les hommes à la mer. Elles, aussi solides que la roche de cette île, qui, lorsqu'il le fallait, regagnaient la côte pour se donner aux marins de passage. Eux, qui pêchaient, vendaient, puis repartaient. Certains disparaissaient pendant des mois. D'autres ne revenaient pas.

– L'Adriatique porte leur histoire, murmurait ma mère. Ce n'est pas une mer comme les autres... Elle a l'air calme, n'est-ce pas ? Mais elle est changeante, imprévisible. Le matin, c'est un lac. L'après-midi, c'est un torrent. Le soir, c'est un gouffre.

Orphée ne dormait plus.

– Ce n'est pas une mer comme les autres, mes fils...

Nous arrivions. Nous arrivions car, au loin, le clocher de l'église blanche s'élevait. C'était l'empreinte de l'île, son joyau. Orphée, envoûté par cette chapelle qui depuis toujours l'appelle, l'a désignée du doigt, un sourire radieux aux lèvres.

– Terre !

Ma mère a couru et l'a pris dans ses bras.

– Terre ! Terre, mon Orphée...

Le clocher nous guettait. Je sentais que nous passions d'un monde à l'autre. Ma mère, tout entière penchée par-dessus bord, a tendu son bras pâle, l'a allongé jusqu'à, croyait-elle, frôler cette tour, cette petite aiguille au sommet de laquelle, bien qu'on ne la distinguât pas encore tout à fait, s'élevait une croix de fer.

– Mon église... Ma blanche église au ventre sombre.

Le clocher irradiait et ma mère, envoûtée, murmurait des paroles inaudibles. Son bras tendu et son corps étaient parfaitement immobiles, elle semblait ne plus respirer et sa peau, blanche, si blanche, s'était comme pétrifiée.

Mais elle me voyait l'observer.
– Qu'est-ce que tu veux ? a-t-elle pesté.
Orphée m'a regardé. J'ai fermé les yeux.
– Rien... Tu es belle, c'est tout.

L'île était un continent inexploré. Du moins, c'était ainsi que nous la percevions. C'était une terre originelle où la violence n'avait pas encore été matée. Une terre d'asile où se retrouvaient les affranchis. Les marginaux. Il n'y avait ni rang ni hiérarchie. Le pauvre se parait de mille richesses, la laideur était une beauté convoitée, le doyen écoutait religieusement les sages enseignements du benjamin. Tout était comme inversé. « Ici, les dieux vivent avec les bêtes », disait ma mère. On mangeait avec les doigts, on attaquait en montrant les dents, on chassait la nuit en grognant. C'était une terre dure où nous étions absolument libres. Un rêve éveillé pour les enfants que nous étions.

Nous nous approchions du petit port, là où Anouk devait nous attendre depuis l'éternité.

– Mon Anouk adorée ! hurlait ma mère depuis le pont. Tu es là, tu es là !

Les deux amies exultaient, se saluaient de loin par de grands gestes et riaient aux éclats.

– Oh, je pourrais sauter dans l'eau tout de suite et la rejoindre ! s'impatientait ma mère.

C'était chaque fois la même scène : ma mère courant jusqu'à la cabine du capitaine en le pressant d'arriver. Et l'homme de renchérir mollement :

– *Da... da... We arrive, we arrive...*

C'était une île à la forme originale. Sur une carte, Sjena faisait penser à la silhouette d'un chat assis, bien droit, la queue dressée. Il y avait un village, un seul, et cette église qui sonnait à des heures aléatoires. L'horloge automatique étant cassée, les habitants se relayaient pour réveiller les cloches. L'un était en avance, l'autre en retard, et le temps, au fond, n'avait que peu d'importance.

Le port était dans une perpétuelle léthargie, abritant les barques de pêcheurs fatigués. Deux fois par jour, le ferry venait troubler le calme de l'île, abri éphémère pour les croisiéristes qui cherchaient un peu d'ombre et une table où boire un café avant de reprendre les flots. Mais le port n'était qu'une porte d'entrée. Le cœur de Sjena était ailleurs, dans le labyrinthe de ses ruelles tortueuses ou dans ses criques secrètes, des lieux seulement connus de ceux qui s'y établissaient. Sjena ne se donnait pas à n'importe qui. Elle éprouvait les âmes avant de se révéler. Les touristes, Sjena les recrachait.

Ma mère a disparu dans les bras d'Anouk.

– Oh, j'ai tant à te dire, j'ai tout à te raconter, a-t-elle glissé.

Anouk s'est penchée vers nous et nous a serrés très fort.

– Vous m'avez manqué, les garçons...

Nous l'avons tous les trois suivie jusqu'à sa maison bleue, là où nous attendait un bol de citronnade.

– Mon Pierre chéri, tu veux bien porter mon sac ?

Ma mère et Anouk se tenaient par la taille comme deux adolescentes, et il n'y avait plus qu'elles au monde. Comme nous avions réveillé le port, les enfants de l'île apparaissaient. Par la fenêtre, de jeunes visages pointaient le bout de leur nez, et reniflaient les nouveaux arrivants.

Je foulais une terre inchangée. Les autres, les enfants qui venaient à ma rencontre, je les reconnaissais, nous partagions des souvenirs. Des étés anciens, les nôtres, toujours les mêmes. Les choses et les visages, les lieux et les voix, tout reprenait vie à la lumière de ma mémoire comme une scène de théâtre poussiéreuse redevenant palais ottoman une fois nos costumes enfilés. Mais je sentais que j'avais pris de l'âge car je ne découvrais rien, contrairement à Orphée qui avait encore dans les yeux l'éclat de celui qui voit pour la première fois. J'avais déjà vu. Alors, je saluais avec nonchalance les amis d'un autre temps. Un coup de menton, un sourire en coin. Nous nous retrouvions et, au fond, cela ne faisait pas si longtemps que nous nous étions quittés.

Orphée aimait Sjena avec ferveur. Il l'espérait. Depuis le pont du ferry, déjà, il surveillait chaque point à l'horizon, attendant d'apercevoir le premier morceau de ce territoire dont il était le roi. Lui qui parlait le langage de la mer, du vent et de ces choses étranges qui habitaient l'île. Petit, alors qu'il foulait pour la première fois la jetée, que le vent était tombé, que les eaux et le monde entier s'étaient endormis et que le silence nous enveloppait, il avait dit :

– Tu les entends ? Ils font beaucoup de bruit.

Ma mère adorait mon petit frère et encore plus lorsqu'il se trouvait sur l'île. Car, alors, Orphée ne souffrait plus de cette timidité maladive qui le rendait étranger au monde. Béate, ma mère contemplait ce fils bizarre devenu empereur. Malgré le passage des étés, les habitants de l'île continuaient de nous regarder avec méfiance. Ni touristes ni natifs, nous étions une espèce hybride dont ils ne comprenaient pas bien le dessein. Et puisqu'ils ne nous parlaient pas véritablement, nous ne leur avons jamais expliqué les raisons de notre venue. Qu'aurait-on bien pu leur dire, d'ailleurs ? Pourquoi revenir ?

Qui étions-nous ? La réalité était que ma mère et Orphée ne se sentaient bien qu'à Siena. Partout ailleurs, le réel les agressait. Orphée cherchait une forme de tranquillité et ma mère la liberté. La liberté absolue.

Assis autour de la table, nous dégustions la citronnade préparée par Anouk.

– C'est incroyable, répétait-elle en nous caressant les cheveux. Vous êtes là, vous êtes vraiment là.

Chaque fois, c'était la même stupeur. Comme si Anouk n'était jamais tout à fait sûre de nous retrouver.

– L'année a été rude, il a fait si froid... Je n'ai pas pu me baigner pendant des mois, racontait-elle en nous resservant. Seule la mer tient la folie à distance.

Anouk s'est penchée vers Orphée.

– Et toi... Toi qui as le ciel dans les yeux.

Orphée avait les yeux bleus, les yeux d'un enfant né avec la connaissance du monde, la vérité dans sa forme la plus intacte. Orphée avait les yeux d'un ange fou dansant au bord du précipice, vacillant entre l'abîme et le jour. Et si mon frère ne distinguait guère le bien du mal, cet ange reconnaissait à coup sûr le beau. C'était un don qu'il portait en lui et qui grondait dans son ventre. Cette beauté, il la touchait du doigt seulement. Car même pour lui, elle était ineffable. Lorsqu'il y était confronté, il sentait les mots lui échapper et se mettait alors en colère. Réduit au silence, Orphée se laissait aller à une rage qui le guidait jusqu'à la lisière de la nuit. Là où il avait tous les droits, là où il inventait un nouveau langage pour dire ce qui était trop grand pour lui.

La maison était la toute dernière du village. Pour l'atteindre, il fallait gravir une route que la broussaille bordait. À notre passage, des choses remuaient. Des serpents, des rongeurs, des lézards, des créatures. De petites touffes d'herbe sèche s'agitaient et, moqueur, j'ai menacé d'y pousser Orphée.

– Ça ne me fait pas peur, a-t-il rétorqué crânement.

Le soleil frappait directement nos peaux fragiles car, sur l'île, nous vivions torse nu. Ce n'était pas une règle, non, mais un principe. Il fallait tout sentir, du sel de la mer aux blessures de guerre. Nous nous battions dépouillés de toute armure et quand le sang coulait, nous l'exposions, fiers, sur nos corps grêles. À Sjena, on ne trichait pas et tout se méritait. La première épreuve était cette côte d'asphalte fondu par endroits. Le ciel était vide, totalement bleu, nous livrant à un univers de feu. Les arbres, asséchés, ne nous protégeaient pas. Il fallait avancer avec nos bagages, sentir la lanière de cuir lacérer notre peau. Ma mère nous précédait, sa longue jupe de lin fouettée par des jambes vaillantes.

Nous passions devant des maisons orphelines, abandonnées et grignotées par la végétation. Ces ruines, Orphée les reconnaissait toutes. Il avait de la tendresse pour chacune d'entre elles. Du bout des doigts, il frôlait la façade misérable et la pierre décrépite. Triomphant, il me montrait sa main couverte de chaux avant de la plaquer sur sa poitrine. À l'endroit du cœur, une trace blanche.

– Pourquoi tu fais ça ?

Orphée souriait.

– Je leur dis bonjour.

Ma mère s'est retournée.

– Et pourquoi tu leur dis bonjour ?

Mon petit frère a couru dans ses bras.

– Parce qu'elles sont vivantes !

Nous traversions un village endormi. L'après-midi, tout le monde faisait la sieste. Les ruelles étaient désertes si ce n'est cette statue étrange, un totem bizarre et froid, de deux soldats. L'un portait encore son arme à l'épaule, soutenant dans ses bras l'autre, blessé et grimaçant de douleur. L'austérité de ces silhouettes grises tranchait avec les palmiers aux feuilles grasses qui entouraient la place.

– Il y a des statues qu'on imagine prendre vie, disait ma mère. Pas celles-ci.

Il y avait la petite épicerie de Marco.

– Plus communiste tu meurs, riait Anouk. C'est à se demander comment il fait pour survivre avec ce qu'il vend.

Ce n'est pas qu'il n'y avait rien, simplement il n'y avait pas grand-chose.

– Même quand elles sont remplies, ses étagères sont vides.

Une unique marque de pâtes, de lait, de biscuit, de beurre. Marco était sans doute le seul commerçant sur terre à ne pas apprécier la vue d'un client les bras remplis de provisions. Face à l'abondance, Marco faisait les yeux ronds. Vraiment ? Deux paquets de céréales ? Pour quoi faire ?

Les chats dormaient dans les trous des murets. L'on voyait pointer leur museau et leurs oreilles arrachées. Les femelles, trop grosses pour s'y engouffrer, s'allongeaient sous les tables des voisins en attendant de mettre bas. Il y avait de jeunes chats aussi, maigres à pleurer, qui gambadaient d'un bout à l'autre de la rue. À ceux-là, nous aimions donner un peu de lait.

La maison marque la fin d'une route, là où il n'y a plus de lampadaires pour l'éclairer. Une maison modeste, carrée, abritant des meubles vieux de quatre générations. La porte d'entrée grinçait, c'était une longue plainte, et donnait sur le salon où les portraits des disparus décoraient chaque mur.

Cette maison, je la détestais. Elle était froide, avec son mobilier sans âme. Un canapé parce qu'il fallait bien s'asseoir, une table et quatre chaises parce qu'il fallait bien manger, un buffet et sa télévision que nous n'allumions jamais, une boîte en plastique vulgaire et qui, autrefois, devait sans doute signifier une forme de richesse. Il n'y avait pas même le charme des lieux qui attendent d'être habités. Notre présence n'y changeait rien, la maison était inanimée, parfaitement morte, et jaune, jaune pâle comme les photos de mes arrière-grands-parents, de mes grands-oncles et tantes, de cousins éloignés que je n'avais pas connus et dont nous ne parlions que très peu. Subsistaient la dureté de leur regard, le pincement de leurs lèvres qui semblaient étouffer un cri, la raideur de leurs corps éreintés à qui l'on avait ordonné, ce jour-là, le temps de la photo seulement, de se tenir bien droit. Et les moustiques qui nous dévoraient.

– Saluez-les.

Orphée et moi fixions ces visages inexpressifs, à la reche du moindre signe de vie. Ma mère, elle, les nommait patiemment, un à un.

– Voici Ivica, Zoran, Ivo, Zorka...

Leurs prénoms nous les rendaient encore plus étrangers. À nos yeux, ces gens n'avaient jamais existé. Mon petit frère m'épiait et souriait discrètement.

– Orphée, regarde-les, a ordonné ma mère.

C'était son rituel : tous les jours, parler aux morts, passer des heures devant ces portraits gris.

– Que vois-tu ?

Mon petit frère, que ma mère avait plaqué contre son buste, évitait mes yeux soudainement.

– Que vois-tu ?

Orphée fronçait les sourcils, plissait les yeux.

– Des histoires... Je vois des histoires.

Ma mère a posé son menton sur le crâne d'Orphée. J'étais si près, je sentais son odeur, un mélange d'orange, de musc et de poivre. Le parfum de ma mère, un parfum puissant qu'un homme aurait pu porter.

– Des histoires... murmurait-elle. Des histoires, oui... des histoires par milliers.

Elle caressait ces visages.

– Ont-ils été heureux, Orphée ?

Mon frère scrutait ces êtres de verre enfermés dans un cadran doré. Ma mère, pendue à ses lèvres, attendait qu'il parle.

– Je crois qu'ils sont en paix et qu'à présent, ils dorment.

Mère et fils discutaient tout bas. J'étais exclu, et ne m'en offusquais guère. Mon rôle n'était pas celui-là ; le confident, c'était Orphée. J'étais l'aîné et, très tôt, j'ai compris que ma mission consisterait à faire l'intendance. À faire en sorte que « les choses tournent », comme disait ma mère.

Dans mon dos, je sentais naître une pointe de chaleur. Quand je me suis retourné, la pièce était plongée dans le noir, traversée par une flèche de lumière. La nuit et sa fraîcheur commençaient à tout engloutir, et le soleil faisait ses adieux. Me promenant de pièce en pièce, je reconnaissais dans la pénombre les icônes du Christ et de la Madone ornant les murs, les armoires et les commodes de bois à l'intérieur desquelles reposaient des bouquets de lavande séchée, le papier peint qui se décollait et que, du bout des ongles, j'arrachais un peu plus chaque été dans l'espoir de trouver un mot, une inscription, une trace de ceux qui, avant moi, avaient vécu dans la maison.

L'île ne changeait pas. Je retrouvais le goudron qui saigne et qui arrache la plante des pieds, je retrouvais les ombres mouvantes du village à la nuit tombée, le bourdonnement des insectes au lever du jour, et, bien sûr, je retrouvais la surface lisse de la mer, celle sans ondes, la mer entre chien et loup.

Je continuais d'être surpris par la solitude que nous imposait Sjena. La solitude, et un grand silence. Il arrivait parfois que nous nous taisions tout à fait. J'ai longtemps eu peur de perdre l'usage de la parole, ici. Pendant que ma mère investissait la maison, Orphée et moi nous habituions à ce lieu trop calme. Déjà, les gamins de notre âge nous attendaient.

– Tu viens ? ai-je demandé à mon frère. On va piquer une tête.

À Sjena, nous étions des enfants insoumis. Les règles habituelles que nos parents nous imposaient étaient abolies. Entre le monde des adultes et le nôtre, une frontière s'érigeait, un mur épais que personne n'osait franchir. Ils avaient leur territoire et nous avions le nôtre. La seule condition était d'être de retour à l'heure du dîner. Le reste nous regardait, nous n'avions aucun compte à rendre.

Depuis quelques jours déjà, les garçons de l'île jouissaient d'une totale indépendance. Leurs cheveux, mordus par le sel, secs comme de la paille, leurs maillots de bain que l'eau et le soleil avaient déteints, leurs pieds noircis et leurs ongles sales témoignaient de leur sauvagerie. Quant à Orphée et moi, nous appartenions encore à un monde civilisé. Nous étions trop propres. Les garçons de l'île avaient le crâne rasé, ce qui leur donnait l'air de petits hommes féroces, quand mon frère et moi n'avions de cesse de dégager les boucles d'hiver qui nous barraient le front. L'un des gamins, plus grand que moi, un blond rugueux dont je ne reconnaissais pas le visage, a empoigné d'une main l'une des mèches de mon frère. De l'autre, il mimait des coups de ciseaux.

Orphée s'est fermement dégagé avant de désigner le port. La mer nous attendait. Comme des fous, nous avons couru jusqu'à elle, les autres gamins à nos trousses. C'était notre cavale à nous. Les pieds brûlés et nos cris de guerriers. Nous dévalions la pente, hurlant au soleil qui nous calcinait la tête. Triomphants, nous nous retrouvions enfin dans cette fuite jusqu'à la mer, le cœur pulsant, nos jambes, si frêles pourtant, vigoureuses. Les vieux que nous croisions étaient des obstacles et, irrévérencieux, nous les bousculions. Rien n'allait nous arrêter. Déjà loin, nous entendions leurs plaintes, et, hilares, leur répondions en criant encore plus fort. Nous avons couru jusqu'à la pointe de l'île, jusqu'aux rochers en surplomb de la mer, et avons transpercé l'eau, nos corps roulés en boule. Il fallait frapper fort, faire le plus de bruit possible, bombarder la surface jusqu'à toucher le fond. Puis remonter, sourds et muets, nager lentement, encore sonnés par notre saut de l'ange. Nous émergions des eaux bleues, comme pour la première fois, jeunes tritons ébaubis et maladroits.

Une fois nos têtes sorties, le monde était comme neuf. Lavés par le sel et récompensés d'un long voyage, nous pouvions enfin contempler l'île dans toute sa majesté. Elle était belle, et comme elle, nous étions sauvages. Nous étions si certains de notre condition, à Sjena. L'île était un songe, et l'univers entièrement réduit à ce petit bout de terre.

Ceux qui vivaient sur l'île étaient des hommes différents, pas tout à fait de notre monde. Des hommes éprouvés par le froid et le brouillard de l'hiver, qui étaient allés jusqu'à l'extrémité de leur raison. Des hommes qui, à force de se tenir éloignés de la réalité depuis tant d'années, avaient construit la leur propre. L'été, ils revivaient, comme au sortir d'une longue hibernation hallucinée. Je les observais sans jamais oser m'en approcher de trop près. Certains se réunissaient le soir dans le port quand d'autres préféraient se retrouver le matin, à l'heure où la mer est encore fraîche. Tout était réduit à l'essentiel : boire, manger, dormir, pêcher, danser. Des activités simples pour un peuple reclus, un peuple que fuyaient les étrangers, un peuple de solitaires qui, une fois la chaleur tombée, chantaient leur folle liberté comme des loups. Ils étaient au faîte de leur puissance, buvaient bien sûr pour qu'elle ne parte pas trop tôt, faisaient l'amour aussi, poursuivant leur quête de ce qui leur était naturellement inavouable : un peu de tendresse.

Si nous les évitions, ils étaient des présences que nous reconnaissions. Comme ces hommes qui se donnaient rendez-vous au bout de la jetée, lançaient leur canne à pêche dans la nuit et attendaient, ivres et tranquilles, de voler un poisson à la mer. Comme cette matriarche qui, à chaque lever de soleil, étendait ses vêtements de lin sur la pointe des pieds, allongeant péniblement ses bras jusqu'à la corde à linge. Une pince entre les doigts, un corps vacillant et un râle gras, pestant contre la brise du matin. Comme ce chien jaune au cou épais, un cerbère vigilant qui, toujours, dormait à l'ombre des pins noirs dalmates. Ils étaient, chacun à leur façon, des visages de l'île. D'autres, en revanche, étaient plus sombres. Discrets, ils évitaient leurs voisins même, disparaissaient derrière la porte d'une maison, s'isolaient dans les bois, prenaient la fuite jusqu'aux minuscules criques de Sjena. Nous les observions avec frayeur et curiosité, comme devant des spécimens nouveaux. Certains parlaient, seuls. D'autres pleuraient. Je me souviens de cet homme assis sur le rivage. Longtemps, il a contemplé le creux de ses mains, ses paumes profondes à la peau sèche. Avant de les offrir au ciel, rose comme l'aurore, et de crier : « J'ai de nouvelles mains ! »

Une communauté à part, oui, dont on reconnaissait les membres à leur singulière étrangeté.

Le jour tombait quand j'ai pris Orphée par la main et que nous avons rejoint le village. Dans la maison, ma mère au visage luisant nous attendait.

– Oh, comme vous êtes beaux, mes fils.

Nous étions bien sales pourtant, les cheveux pleins de sable. Elle nous a embrassés, ivre de joie. Et nous avons souri, ravis de son euphorie, de sa vitalité. La pupille de ses yeux sombres et son sourire vibraient. Ma mère était, à cet instant, parfaitement invincible.

– Il y a de la glace dans le congélateur, mes amours.

Chacun de nos gestes était un miracle. Sa tendresse débordait, obscène et factice, et éveillait en moi une gêne.

– Je vais bien... Je respire enfin, répétait-elle. Je suis arrivée, je suis enfin arrivée...

Orphée souriait, et je m'en agaçais. Il la comprenait.

– Oui, tu es là, Maman, ça y est...

S'érigeait un espace qu'eux seuls avaient le droit d'habiter. J'étais en dehors.

– Tu es jolie, Maman, a dit Orphée.

– Mais toi aussi, mon petit prince.

Il la dévorait de ses grands yeux bleus, cachés derrière ses boucles noires.

– Tu es jolie, mais tu es triste.

Ma mère s'est raidie. Orphée l'avait percée à jour. C'était là son don et sa grande faiblesse : voir, et dire sans détour ce qu'il voyait. Ses pensées, une fois formulées, étaient des flèches empoisonnées. Puis il est allé savourer sa glace comme si de rien n'était avant de gagner son lit. Ma mère s'est levée pour faire la vaisselle et je suis resté là, impuissant, dans l'attente d'une réaction. Un mot, un simple mot qui empêcherait l'orage. Je me suis approché.

– Laisse-moi, Pierre.

J'ai posé mon front contre son dos.

– Laisse-moi...

De mes bras, j'ai entouré sa taille. Un verre a éclaté dans l'évier.

– Mais laisse-moi enfin ! Tous, laissez-moi tranquille !

Ma mère imprévisible, une tempête.

– Va jouer ailleurs, je t'ai assez vu.

Elle a sorti une cigarette et s'est penchée à la fenêtre. Je m'en voulais de ne pas savoir éteindre le feu que, bien souvent, Orphée allumait. Elle était sublime, ainsi tourmentée. Ses cheveux noués en un chignon défait, le visage tordu par des pensées qui, au fond, n'allaient jamais ensemble : la joie d'être là, l'horreur de savoir que cette parenthèse était éphémère et la peur de ce qui viendrait après.

– Pardon, mon grand... Je suis un peu fatiguée...

Mon cœur battait fort, inquiet de la voir partir. Ma mère était libre, trop libre. Impuissants, mon frère et moi nous tenions prêts au pire.

Orphée était fasciné par les maisons abandonnées. Des maisons que le temps avait patiemment dévorées et dont il ne restait plus que les murs de pierre aux fenêtres nues. À l'intérieur, de jeunes arbres et des herbes sauvages poussaient dans tous les sens. Un univers entier fleurissait là, entre quatre murs. Et nous, enfants de l'île, adorions le parcourir. Ces ruines, ces pauvres ruines que nous enjambions distraitement ne recelaient rien d'autre qu'une invitation à les piétiner. Nous étions des conquérants et nous arrogions le droit de planter notre drapeau dans leur chair mutilée. Nous ne parlions pas tous la même langue, venant de différents coins du monde, mais nous étions de la même espèce : de petits despotes hilares, à la recherche d'un bout de terre à posséder.

Alors, nous brisions ce qui était déjà brisé. C'était une manière de mesurer notre force. Nous ramassions des cailloux gros comme le poing d'un homme et les jetions contre les fenêtres. C'était à celui qui atteindrait la plus haute. L'éclat du verre était superbe, c'était le bruit de notre liberté.

Orphée grimaçait. Rien de ce que nous faisions dans ces maisons ne lui plaisait. Chaque fois que nous portions atteinte à ces ruines, c'était lui que nous blessions. Il se nichait dans un coin et attendait que nous ayons fini avec, dans les yeux, une grande tristesse, et la parfaite incompréhension de ce que nous faisions. Lui n'aurait rien tant voulu que préserver ces maisons informes. Tandis que je sautais à pieds joints sur un vieux lavabo de porcelaine, Orphée m'avait interrogé :

– Pourquoi tu fais ça ?

L'évier n'était plus qu'un tas de morceaux blancs. C'était comme si je piétinais du sucre.

– Il était déjà cassé, ai-je répondu.

– Et alors ?

Orphée pénétrait dans ces bâtisses comme dans une cathédrale. Sa propre présence le gênait, il avançait à bas bruit, caressant la pierre du bout des doigts comme pour la consoler. Il scrutait les moindres recoins de ces carcasses, affirmant qu'il écoutait le temps passer. Il y restait des heures et je le trouvais parfois ridicule ainsi planté au milieu d'une pièce disparue depuis longtemps. Je me moquais de lui :

– Tu prends racine ?

Il m'ignorait. Je finissais par le supplier.

– Allez, sors. Tu es là-dedans depuis des heures.

Orphée riait :

– Et si c'était toi qui étais dedans, et moi dehors ?

J'aimais sa manière de parler autant que je la détestais. Je savais que, le soir venu, il raconterait tout à notre mère. Je savais qu'ils discuteraient tous les deux de cette étonnante idée née dans la tête d'Orphée et que, moi, je n'aurais rien à ajouter. « Et toi, Pierre ? Tu as fait quoi de ta journée ? » demanderait ma mère. Je raconterais que nous avions, avec les copains, découvert une nouvelle crique, qu'il nous avait fallu traverser le petit bois à l'est de l'île, celui qui pique, celui qui abrite des dizaines de nids de serpents, je raconterais que nous avions dû nous faufiler entre les rochers, que j'avais manqué de tomber, que je m'étais coupé la jambe, que j'avais même saigné, et que, finalement, nous avions atteint des eaux que personne, c'est juré, personne, ne connaissait.

Elle ferait semblant de s'intéresser. Avec sincérité, interrompant maladroitement mon récit, brusquant ma mémoire du trajet, cassant les moments de suspense, oubliant aussitôt que j'avais failli m'ouvrir le crâne. « C'est ce qui arrive quand vous voulez faire les malins », lâcherait-elle. Je n'aurais pas le temps de répondre. Déjà, elle prendrait Orphée dans ses bras. « Tu me racontes ce que tu as vu dans ta maison abandonnée ? Ce que tu as imaginé, mon Orphée ? » Je n'étais pas de leur monde, celui des charades et des rébus.

Une de ces fois-là, Anouk est entrée dans la cuisine, une bouteille de vin à la main. Elle m'a fait un clin d'œil. Discrètement, je me suis approché.

– Tu veux goûter ?

Immédiatement, une chaleur réconfortante m'a traversé - aux yeux d'Anouk, j'existais. Le goût m'a déplu, j'ai tiré la langue. Anouk a ri.

– Ça fait grimacer de grandir, Pierrot. Mais c'est la seule potion magique que peuvent encore boire les adultes.

Les codes qui régissaient habituellement la camaraderie n'avaient plus cours. Sur l'île, étaient enfants ceux qui n'étaient pas adultes. Aucune hiérarchie ne tenait. D'autant que l'île nous transformait. Ceux qui se prenaient pour des chefs à l'extérieur troquaient leur assurance contre la fragilité des plus frêles. Nous étions les gamins métamorphosés de l'île.

Dans le port, ce soir-là, nos parents buvaient leur café. Le fils d'un couple d'Américains s'est joint à nous. D'apparence chétive, il ne devait pas avoir dix ans. Comme toutes les nuits, nous étions visités par de bien curieuses créatures : un banc d'anguilles, surgies des profondeurs, ondulait autour du quai. Les eaux, déjà sombres, noircissaient tandis que les serpents de mer se multipliaient à l'infini. La meute grouillante troublait la surface d'une eau pourtant si calme quelques minutes plus tôt. Nous étions persuadés que ces poissons arrachaient les oursins de leurs rochers, lacéraient les corps, entraînaient leurs victimes dans des abysses obscurs. Les anguilles nageaient de plus en plus vite. C'était chaotique, une danse macabre désynchronisée, nous observions un sac de nœuds vivants. L'un des trois pêcheurs s'est approché du plus grand d'entre nous et lui a frappé le buste. Il le mettait au défi. Le gamin, hésitant, s'est avancé au bord du gouffre. Puis il a souri, dissimulant sa gêne, avant de suggérer au pêcheur d'y aller lui-même.

– *I'll go !* a lancé le petit Américain.

Le fou s'est avancé jusqu'au bord de la jetée.

– *I'm going to die !* a-t-il hurlé.

Il a tendu les bras comme pour viser le ciel, et a plié les genoux avant de plonger dans la mer noire avec la grâce des cœurs valeureux. Il mourrait, comment en douter ? Du courage, nous en manquions. Car aucun de nous n'avait compris cet acte de bravoure.

Je me plais à penser que l'île récompensait un tel courage. L'enfant a survécu. Nous l'avons cherché, allongés sur la jetée, ventre contre sol, tête au-dessus de l'eau. Nous l'avons appelé, nous qui le croyions disparu à tout jamais, l'enfant insensé. L'enfant qui, libre, absolument libre, avait choisi de sauter, est sorti de l'eau. Une tête blonde parmi les anguilles noires. Et ses yeux... Des yeux figés par la terreur, la vraie. Mais bien vivant.

Nous nous sommes tus, en transe. Les anguilles glissaient tout autour de lui, tissaient une cape ondulante à celui qui les avait domptées. J'ai eu envie de prier au lieu de quoi j'ai tendu la main à l'enfant pétrifié. Je savais qu'il lui était impossible de la saisir, il était trop loin. Mais le fou doit toujours savoir qu'on lui tend la main. Comme les autres, il en est digne.

Les matins étaient calmes. L'île baignait dans une lumière bleuâtre, celle de l'aube, la vraie, quelques minutes avant le lever du soleil. Les cigales, déjà bruyantes, attendaient la chaleur. Orphée et moi passions la tête par la fenêtre de notre chambre et jouissions de la fraîcheur des premières heures. Nous regardions la mer dans laquelle la lune venait de s'engouffrer et guettions la frange d'or qui, c'était l'affaire de quelques secondes, surgissait au loin. Nous attendions les pêcheurs qui rentraient au port, leurs filets presque vides, appelés par le jour naissant.

Les habitants n'ont pas oublié Orphée. Il les envoûtait. Mon petit frère aimait raconter des histoires, repeupler cette île désolée de destins oubliés. Il n'était pas inhabituel qu'avec ma mère, nous perdions sa trace. Et combien de fois l'avons-nous retrouvé dans le salon d'un îlien, à l'ombre d'un après-midi étouffant, entouré de dizaines d'autres curieux venus l'écouter ? L'enfant aux boucles noires, l'enfant du village, l'enfant qu'on attendait. À ceux qui ne le connaissaient pas encore, il y avait toujours quelqu'un pour le présenter. Et la suite était inévitable : ils en tombaient amoureux. Ce jour-là, Orphée avait imaginé, à n'en pas douter, le plus beau des contes. Et en donnant une voix aux maisons abandonnées, il ressuscitait la mémoire de Sjena.

– La pierre retient tout : l'eau, le feu, l'insecte, les secrets.

Ma mère traduisait et les habitants, assis par terre ou sur de vieilles banquettes, l'écoutaient religieusement.

– Elle garde ce que la mémoire des hommes efface. Elle est le refuge du temps.

De ses yeux bleus, il balayait la pièce, s'arrêtant sur chaque visage avec la grâce d'un petit messie. Je connaissais Orphée et savais deviner lorsque ses histoires étaient inventées - celle de ce jour en faisait partie. Du coin de l'œil, j'observais ma mère qui, droite et fière, couvait son fils.

– Chaque maison a une histoire, a-t-il soufflé.

Prêtant sa voix à l'histoire de ce fils sublime, ma mère continuait de traduire.

– Dans celle-ci est née une petite fille... La petite fille vint au monde sous le nom d'Alma et le quitta sous le nom d'Eva. Alma naquit un soir d'été. Dehors, sur la place du village, les hommes buvaient au point de jurer que les étoiles dansaient. Pendant qu'une femme, seule dans sa petite chambre, écrasée par la chaleur et accroupie au-dessus d'un tas de chiffons, hurlait. Alma arriva la langue liée. Elle ne pleura pas, même à la première inspiration, et mata le feu dans sa gorge. Une enfant minuscule dont la bouche connut d'abord le sang de sa mère qui, inconsciente, n'eut pas le temps de la regarder. Silencieuses et seules, l'une commença à vivre quand l'autre mourait. Le lendemain, l'enfant respirait toujours.

« Alma... Alma, l'enfant enserrée par les jambes encore tièdes de sa mère, rencontra les créatures de l'ombre, communia avec la vipère qui siffle, la chouette qui dévisage, le chat qui feule. Un monde inquiétant mais à la puissance évidente. Ce monde, dense, vibrait, orchestré par un créateur souverain. L'homme trouva Alma le lendemain. Alma grandit, elle aida son père à préparer le pain, à le distribuer dans le village. L'enfant aimait saluer les habitants, emprunter le chemin terreux jusqu'au cimetière, s'avancer dans l'ombre du clocher qui s'étend à mesure que le soleil décline. Elle aimait passer devant la statue blanche de cette femme qui décorait le jardin du presbytère, cette grande déesse prisonnière d'une grille infranchissable. La déesse grecque, imaginait Orphée, était maintenue captive par un tyran amoureux, et s'appelait Némésis. Némésis devint bientôt une sœur pour Alma, une confidente. Elle qui avait été baptisée et à qui l'on avait enseigné la prière à Dieu, vouait un culte sublime à la femme de pierre. Némésis, son aînée, celle qui la précède, la reine de l'île des ombres.

« Le père d'Alma, alors âgée de onze ans, en épousa une autre. On ne lui laissa aucune chance : le père redevenu homme prit l'enfant par la main et l'accompagna jusqu'à la porte. “Traverse la rue, longe-la comme si tu allais à la plage du Calvaire, jusqu'à la maison de la femme à qui je n'ai jamais donné de pain. Dis-lui que tu t'appelles Alma et que, désormais, tu dois vivre chez elle.” L'enfant, le cœur brisé, ne se retourna pas et oublia son père pour toujours.

« La femme lui ouvrit et comprit. Elle l'embrassa pour la première et la dernière fois de sa vie et, le lendemain, réclama au prêtre de la baptiser à nouveau. Alma devint Eva. Comme lavée de sa vie d'avant, Eva oublia tout, si bien que lorsqu'elle croisait ce père d'autrefois au bras de son épouse, elle les saluait comme on salue de simples voisins. Le village entier parlait puis, un jour, las de cette histoire triste, arrêta.

« Eva vécut seule, ne se fit jamais d'amis. La femme qui l'avait accueillie disparaissait la semaine, revenait le dimanche de Zadar, avec de l'argent. “Je le fais pour elle”, l'entendait-elle murmurer parfois. Eva ne posait pas de questions. Le travail de la femme sans nom et aux mille surnoms, à propos duquel bien des mauvaises langues sifflèrent, la nourrissait. Cette femme était sa sauveuse. Un jour, elle la trouva immobile dans son lit, les traits enfin reposés et un léger sourire aux lèvres. Le prêtre vint, se pencha sur la morte, et, confus, décréta : “On jurerait qu'elle a été touchée par la grâce juste avant de mourir.” Mourir, Eva connaissait ce verbe définitif.

« Eva prit soin de la maison et des affaires de la femme touchée par la grâce. Le prêtre, qui la prit en pitié, lui ouvrit les portes du jardin tous les jours. Eva, qu'il surnommait "celle qui par deux fois fut baptisée", le cultiva, y fit pousser des plantes et des fleurs magnifiques dont elle ne sut jamais les noms. Némésis veillait. Eva ne l'oubliait pas.

« La nuit, elle la contemplait, espérant secrètement le moindre mouvement. Son imagination la porta tant de fois vers ce rêve. Mais la pierre, jugea Eva au soir de sa vie, ne bouge pas. Elle s'effrite, s'use, se brise. Elle est passive. La pierre ne vit pas. Eva mourut jeune, auprès de Némésis. Alma, née d'une femme, devenue Eva, mourait dans les bras d'une divinité. »

Ma mère pleurait. Orphée était immense. Une femme s'est levée et, de ses mains noueuses, a couvert les yeux de mon frère.

– Tu vois tout et nous, ne voyons rien.

C'étaient des petits gestes, des phrases incongrues. Des signes minuscules qui indiquaient que quelque chose n'allait pas. Ma mère avait en elle des monstres, c'est ainsi qu'elle les nommait. Sa part d'ombre avançait discrètement. « Même ici, je ne peux pas y échapper. » Ce matin-là, tandis que nous prenions notre petit déjeuner, elle était nerveuse, elle disait avoir mal dormi.

– Je n'aime pas les nuits comme ça...

Elle posait ses mains sur la table de la cuisine, les retournait, scrutait ses paumes pendant de longues minutes.

– Orphée, qu'est-ce que tu vois, toi ?

Mon petit frère s'est approché et les a embrassées.

– Je vois tes mains, Maman. Je vois que tu es là.

Il la rassurait, comme toujours.

– Tu es sûr ? Tu ne trouves pas qu'elles vieillissent ?

Mon petit frère a répondu que non, que ses mains étaient les mêmes depuis le début.

– Rien ne change, a-t-il soufflé.

– Mais si, Orphée, tout change. Je me sens changer... Je me sens disparaître. Parfois, je m'imagine disparaître, oui...

Parfois, je me réveille et je ne sais plus où je suis et ça dure des heures.

Dans les yeux d'Orphée, j'ai lu la peur.

– Je vois tes mains, je les sens, elles ont l'odeur de ta cigarette et du sel, elles ont l'odeur du pain et des pages jaunes de tes livres. Tu es là, tu es là...

Il l'a prise dans ses bras.

– Orphée... Je suis si fatiguée...

Elle a plongé ses yeux dans les miens, elle me suppliait. Ma mère de cristal que mon petit frère, dont le torse nu révélait de minuscules os, portait à bout de bras. Je mesurais à cet instant ma responsabilité. Le devoir que j'avais envers ces deux corps chétifs qui se retenaient de tomber. Ma mère a saisi la broderie d'Anouk, l'île cousue de fil rouge, et l'a retournée.

– Si je disparais, tu sauras où me trouver, a-t-elle chuchoté à l'oreille d'Orphée.

Cet été-là, l'obsession de ma mère a été de fabriquer du pain. Au début, rien d'alarmant, une boule de pain, la même, qui, chaque matin, reposait sur la table à la toile cirée. Et ma mère, fière de prouver qu'elle était capable de nourrir ses fils ; fière de nous montrer que, même ici, où tout manquait, nous survivions grâce à elle. Et puis, il y a eu l'abondance. Pain au levain, pain natté, pain de seigle, pain complet, pain de campagne. Ma mère n'arrêtait pas de préparer une nouvelle pâte, à peine la première transformée par la chaleur du four. Bientôt, toutes les sortes de pain vinrent occuper l'espace de la cuisine, puis de la salle à manger ; chaque petite surface que les pauvres meubles de nos aïeuls offraient était colonisée par de la mie qui, d'abord molle et chaude, finissait par se durcir comme de la brique. Des monticules de pains, une collection étrange, d'abord languide puis pétrifiée. Et ma mère, aveugle, qui ne s'étonnait guère de notre manque d'appétit, de nos ventres gonflés par l'ingurgitation de toute cette matière spongieuse, poursuivait la mission qu'elle s'était donnée et dont elle ne questionnait aucunement la finalité. Orphée, un jour, vomit.

Je n'étais pas là, saisissant à cette période tous les prétextes pour m'éloigner de la maison et de ma mère vampire. Ma mère, en larmes, me l'a raconté.

– Je l'ai nourri et il a tout recraché. Vous n'aimez pas mon pain, c'est ça ? Mais y a-t-il seulement quelque chose que vous aimez chez moi ? Je ne mérite pas votre amour, c'est ça ? Je suis si mauvaise ?

Ses yeux sombres m'ont fait peur et m'ont rappelé le regard bleu d'Orphée. Ma mère était déjà autre part, emportée.

La folie passait.

Cette nuit-là, Orphée était introuvable.

– Tu sais où il est ? me pressait ma mère.

À moitié endormi, je répondais à peine.

– Non, non, j'en sais rien... Laisse-moi dormir.

Elle a retourné les draps, inspecté le dessous des lits.

– Rien... Il n'est pas là, se plaignait-elle. Alors, tant pis, j'irai à l'église seule.

Une fois la porte fermée, un grattement m'a tiré du lit. Il venait de l'armoire.

– Orphée ?

Je me suis levé, le pas incertain.

– Orphée, c'est toi ?

D'une toute petite voix, mon petit frère m'a répondu.

– Oui, je suis là.

Ce soir-là, il n'avait pas envie de suivre notre mère.

– Parfois, elle me fait peur.

Tout ce qui se cache dans une armoire... Elle est la cellule d'un enfant, le point de départ d'une imagination inquiète. Car quand la chimère naît dans le noir, le rêve porte la menace d'un cauchemar. Bien des armoires ont dévoré Orphée ; elles étaient tantôt sa cachette, tantôt sa prison. Un moyen pour lui d'échapper à ma mère qui, dehors, hurlait sa folie. Un rien faisait naître en elle les ténèbres. Sournoise, la maladie avançait d'abord en souriant. Et, toujours, sous la forme d'une joyeuse obsession.

– J'ai trouvé un passage, murmurait-il, ce soir. Là où, toi et moi, nous pouvons aller pour être un peu avec elle. Là où il y a tout ce qu'elle aime, toutes ces histoires qu'elle m'a racontées pour que je m'endorme. Rêve avec moi, Pierre...

Il arrivait que nous nous retrouvions tous, le soir venu, au petit café du port. C'était un repaire chaleureux, un abri. Les adultes buvaient, ils buvaient beaucoup, et fumaient des Gitanes. Les corps, pris dans un épais nuage gris, disparaissaient et devenaient des silhouettes. Des silhouettes rejetant des tourbillons de fumée dansante, des bouches expirant dans la nuit. Et, par terre, crépitaient des dizaines de mégots encore brûlants.

Anouk et ma mère s'étaient isolées, plongées dans ce qui paraissait être la plus dense des conversations. Elles se regardaient fixement. Anouk était calme, les bras croisés, penchée au-dessus de la table. Ma mère faisait de grands gestes et, de sa main, se frappait régulièrement le buste. De loin, j'essayais de déchiffrer le mouvement de ses lèvres. Elle était inquiète. Inquiète et heureuse de pouvoir enfin se confier. La soirée avançait et je la voyais céder peu à peu à une forme d'insouciance. Elle riait plus fort, les yeux perdus dans la nuit. C'était le rire d'une grande dame. Je me suis approché.

– On connaît la mécanique du corps. Mais connaît-on la mécanique du cœur ?

Ma mère avait lancé cette question miraculeuse.

– Est-elle seulement palpable ? La comprend-on davantage lorsque nous pleurons ou lorsque nous rions ? Quand ce cœur bat-il, vraiment ? Enfin, bon... Mes questions sont jolies parce qu'elles n'exigent aucune réponse.

Elle riait en fumant une cigarette.

– Ce sont des questions élégantes, a répondu Anouk.

Ma mère a aussitôt bondi sur son siège.

– Mais, au fond, qu'est-ce que l'élégance ?

L'élégance, avaient-elles alors disserté, est un parfum exaltant et délicat. C'est le geste lent et involontairement gracieux de la cigarette portée aux lèvres. C'est le murmure d'une confidence et le silence courtois qui s'ensuit. L'élégance est un grand regard rêveur, une clarté dans la pupille. Elle est puissante et fragile : de la porcelaine peut-être, ou de la soie plutôt. L'élégance est citadine, elle ne prospère pas seule. Elle s'impose, se voit, s'entend mais avance discrètement. L'élégance est sensuelle, insaisissable. Elle captive, elle envoûte, elle fait toutes les promesses du monde sans jamais se donner absolument. En cela, l'élégance est irrésistible et cruelle. L'élégance s'ennuie.

– L'élégance est une femme, a murmuré Orphée.

– Tout est joli, a souri ma mère, triomphante.

Tout l'était, oui. Et ce voile de fumée qui troublait le soir, et ces lumières du village qui vacillaient, et cette ivresse qui aurait fait danser le plus triste des hommes, et ce trouble merveilleux d'une amitié scellée. Leur conversation avait des reflets éphémères, la fragilité de l'instant menaçait de se briser.

Un rire avait jailli, puis un autre, et l'une avait fini par lancer avec beaucoup d'aplomb :

– Un rire est un sourire bavard.

Ce qui entourait Anouk et ma mère servait de décor à leurs échanges, des pensées qu'elles partageaient dans un murmure ou bien, au contraire, dans un éclat de voix. La scène avait le goût d'un souvenir, la nostalgie étreignait leurs cœurs. Elles auraient voulu retenir la nuit. Mais elle avançait. Et puis, il y a eu le vœu d'Anouk.

– J'aimerais que nos cigarettes ne s'éteignent jamais.

Orphée s'est approché de moi.

– Pourquoi elle pleure ? ai-je demandé.

– Maman ne pleure pas... Elle est heureuse.

Dans la fumée des cigarettes mourantes, j'observais les ombres d'hommes avancer jusqu'à elle, hypnotisés par sa beauté. Des phalènes errantes et aveugles aimantées par la lumière de ma mère.

Je me tenais loin, effrayé par son magnétisme. C'était une sorcière, j'en étais certain.

Un homme se tenait à l'écart. Un homme que nous connaissions, un ami d'Anouk : le gardien du cimetière, Aleksandar, celui que nous n'osions pas approcher. Aleksandar et son visage d'acier, ses bras épais et ses mains balafrées. Lui aussi avait été convoqué, ce soir, par la sorcière. Ma mère voulait danser, alors Aleksandar a pris sa guitare et s'est mis à chanter, la gueule ouverte, le visage déformé. Il me semblait que dix voix habitaient sa gorge. Le musicien livrait un conte mystérieux que ma mère, par ses gestes, révélait. Nous glissions peu à peu dans l'aurore, le soleil naissait dans un ciel encore sombre et je croyais y voir la lutte à mort du jour contre la nuit.

– Quel spectacle, a murmuré Anouk. L'aube, et Bérénice qui danse.

Bérénice, le vrai prénom de ma mère.

Je pensais aux rituels des temps anciens et me représentais ma mère sacrifiée. La brebis offerte par les hommes à un dieu puissant, espérant obtenir en échange le repos de leur âme. Ma mère dansait seule, souveraine, et célébrait le jour que les étoiles quittaient peu à peu. Et je regardais ses bras, des bras qui ne m'avaient jamais étreint, se déployer. J'y voyais là un sanctuaire. Elle souriait, les yeux fermés, et moi, je pleurais. Par sa grâce, pensais-je, Bérénice nous sauvait tous.

Ma mère venait sur l'île pour se soigner. « C'est ici que je suis libre », répétait-elle. Anouk nous avait parlé de « mélancolie ». Un mot cryptique qui ne disait rien de la réalité que nous connaissions déjà. Orphée disait : « Elle n'a pas assez de place pour vivre. » Il lui fallait l'infini, il lui fallait la mer.

Dans l'eau, ma mère était une sirène. Elle ondulait, allongeait ses bras comme pour saisir quelque chose. Elle avait pris l'habitude de partir d'une petite crique, là où, à la place des cailloux tranchants, languissait une couche de sable blanc. Sur la plage, Anouk et moi adorions les regarder, ma mère et ses premiers pas dans l'eau, le délicat mouvement de ses mains caressant la surface, ces mains désolées de troubler le calme bleu.

Elle nageait jusqu'à la pointe de la crique et disparaissait derrière l'île. Alors, j'attendais. Mon cœur, à chaque minute qui passait, battait plus fort. Allongé d'abord, je me redressais, j'avançais dans la mer, jusqu'à la taille, et j'espérais. Mon corps, dans ces instants, était aspiré par l'absence de celui de ma mère. Orphée finissait toujours par me rejoindre. Comme moi, il se tenait prêt. Et si ? Et si elle ne revenait pas ? C'était toujours le même doute. Et alors ? De toute façon, si nous plongions maintenant pour la sauver, il serait trop tard. Si, là maintenant, elle vivait encore, alors elle vivait ses dernières secondes, et le temps que nous la trouvions, elle aurait déjà été engloutie. Nous hésitions. Orphée voulait se lancer, me tirait par le bras.

Anouk, excédée, finissait toujours par souffler :

– Les garçons, franchement… Arrêtez ce cinéma. Elle revient chaque fois.

C'est à peine si nous l'entendions. Collés l'un à l'autre, nous attendions l'apparition de notre mère. Nous, ses fils, guettions le vide. Quand, enfin, elle réapparaissait, elle nageait jusqu'à nous, jusqu'au rivage, elle s'allongeait sur le dos, plongeait ses mains dans le sable blanc et souriait, béate.

– J'ai hurlé sous l'eau, a-t-elle dit.

Je me suis mis en colère.

– Tu es complètement idiote !

Orphée m'a poussé et s'est précipité dans ses bras.

– Laisse-la tranquille. Elle est là. Tu es là… Et moi, Maman, je connais ta fatigue. Je serai là quand tu n'auras plus la force de nager.

Orphée et ma mère se retrouvaient le soir sur le petit banc du port. C'était l'un de leurs rendez-vous et je comprenais sans peine qu'il ne fallait pas m'en mêler. Cet instant ne m'appartenait pas, ce monde qu'ils bâtissaient n'était pas le mien. Aussi était-ce dans ces moments que je mesurais tout ce qui me séparait d'Orphée.

Il était si différent de ceux de son âge quand, moi, j'étais le plus banal des adolescents. Nous étions, à entendre Anouk, de « jolis garçons ». Mais la beauté d'Orphée était inquiétante. On ne lui donnait pas d'âge, il avait les traits d'un immortel. Son visage manquait d'expression, cruellement lisse, et ses lèvres, molles, étaient d'un rouge vif. Sur son front tombaient des boucles de jais parfois balayées par la brise, la même qui venait frapper ses joues d'un rose si délicat qu'elles semblaient avoir été poudrées. Il était né avec une grâce naturelle qui incitait souvent ma mère à proclamer : « Orphée, tu es belle. » Ce que son cœur retenait de secret, son regard le confessait. Tout son mystère reposait dans ses yeux bleus.

Les voir ainsi assis sur le petit banc me faisait penser que si j'étais né d'une femme et d'un homme, Orphée, lui, était né d'elle et d'elle seule. Et puisque ma mère était une sorcière, tout cela était, après tout, fort possible. Orphée était sa création, un corps d'argile qu'elle avait patiemment façonné à l'image de ses attentes : elle voulait d'un poète pour fils.

Régulièrement, elle lui racontait sa légende : « Tu es né à l'aube et tout, même le temps, s'est arrêté. Tu avais la bouche grande ouverte mais rien n'en sortait. Tu es né et tu as hurlé en silence. Ta poitrine, minuscule et délicate comme une coquille d'œuf, laissait affleurer le battement d'un cœur fragile. Tu n'étais pas rouge comme la plupart des bébés, tu étais d'un blanc translucide et même inquiétant. On voyait couler ton sang, mon Orphée. Du sang bleu, le sang des rois. Tu n'as pas cherché à respirer, il n'y avait que ce cri étouffé. J'ai couvert ta bouche de mes lèvres, mon fils. »

Pour conforter ce mythe, elle a rempli son cœur de poèmes mélancoliques, elle a susurré à son oreille les mélodies les plus déchirantes, elle l'a présenté aux plus belles peintures. Elle lui a fait croire qu'il était l'héritier des plus grands contemplateurs. Avant même de créer quoi que ce soit de ses mains, Orphée était un artiste total, appréhendant le monde comme nul autre. Tout infusait en lui, tout était matière à création. Rien n'était trop bas, rien n'était trop petit. Il pensait à l'envers, me disais-je souvent. Quelle image pourrais-je convoquer ? Figurez-vous deux frères se promenant dans un jardin. « Comme ces fleurs sentent bon », lâcherait naturellement le premier. Ou bien, « quelles jolies couleurs ! ». Le second, lui, se tairait un instant, avant de murmurer : « Pourquoi crientelles ? Qui pleurent-elles ? »

Ma mère et Orphée avaient en commun cette sensibilité si singulière. Jusqu'à la naissance de ce fils, elle avait dû porter seule sa mélancolie. Depuis qu'Orphée existait, c'était un fardeau qu'elle partageait. Mon frère était là pour donner une voix à sa crainte des « choses qui passent », répétait-elle. Orphée était son grand confident et chaque nouveau secret murmuré l'éloignait un peu plus de moi. Sur l'île, c'était particulièrement vrai. Ils s'isolaient, disparaissant des après-midi entiers, avant de réapparaître au bout de la jetée.

J'aurais voulu qu'il connaisse les joies de l'existence banale d'un garçon de dix ans. Mais elle l'avait déformé. Parfois, je surprenais Orphée en larmes, triste de se sentir si incompris. « Je suis seul... je suis tout seul... » sanglotait cet enfant qui n'a jamais su se faire comprendre. Ma mère ne voulait rien savoir. Orphée lui appartenait.

Quant à moi, je luttais contre l'envie de lui ressembler. Ma mère m'aimait, je n'en doutais pas. Mais elle ne m'adorait pas. Elle me nourrissait, m'habillait, me punissait, m'embrassait. Rien, pourtant, de tout cela n'était à la hauteur du feu qui animait son regard quand Orphée apparaissait. Il était tout quand, moi, j'étais tous les autres.

– Réveille-toi… Pierre, réveille-toi.

Orphée me secouait.

– Pierre, réveille-toi. J'ai compris où vit Maman !

C'était l'aube, il avait un sourire de vainqueur.

– Maman ne vit pas comme nous. Maman rêve. Et j'ai compris comment rêver.

Je ne voulais pas entrer dans son jeu et en même temps, je ne pouvais me résoudre à piétiner l'espoir que je lisais dans ses yeux. Orphée avait fait un choix : jusqu'au bout, il refuserait la folie de ma mère. Il avait encore l'âge de placer sa foi en l'imagination. C'est la grande force des enfants : croire qu'il existe un arrière-monde où tout est possible, où l'existence de ma mère est possible.

– Quand elle se met en colère, quand elle a son regard noir, quand elle est triste, c'est qu'elle s'est perdue dans un rêve. Et c'est à nous d'aller la chercher. Elle m'a montré comment faire, Pierre. Elle m'a montré.

Je n'étais, évidemment, comme Orphée, pas prêt à l'abandonner. Je chérissais ces moments quand, revenue d'un cauchemar, elle me prenait dans ses bras et s'excusait.

– Pardonne-moi, Pierre... Parfois, je ne sais pas où je suis. Mon Pierre, tu ne connais pas tout cela. J'y pense souvent, tu sais... Je souffre de savoir qu'un jour, tu seras seul. Pardonne-moi.

Je pleurais, ce jour-là.

– Je t'aime mon fils, des premières notes du jour aux dernières.

Nous avions passé la matinée à nous baigner dans les eaux chaudes de Jazi, une petite plage à l'est de l'île. Nous nous amusions à nager le plus loin possible, à tenir le plus longtemps sans respirer, à nous attraper par le pied et à nous entraîner tout au fond, là où la lumière, contrainte par l'eau, dansait sur les cailloux. Les premiers surnoms naissaient. La plupart du temps, de simples attributs. « Le blond », « le gros », « le petit ». Ou même un simple pronom. « Eh ! Toi ! »

Orphée et le petit Américain se tenaient à l'écart. Pour une fois, mon frère avait trouvé plus petit que lui. Il s'en occupait, le protégeait des moqueries, jamais bien méchantes, des autres. Les deux ne se baignaient pas et d'ailleurs, ne se parlaient presque pas. En les regardant assis l'un à côté de l'autre ce matin-là, détaillant dans un silence tranquille la forme d'un coquillage nacré trouvé un peu plus tôt, je me disais qu'en réalité, ils se tenaient compagnie.

Nous rentrions de la plage quand l'un des gamins a suggéré l'idée. À Sjena, il y avait un lieu que les îliens évitaient : un ancien camp de concentration, autrefois tenu par les soldats de Mussolini, cinq baraques de bois alignées, construites à la hâte. Et, non loin, une tourelle de pierre à la forme bizarre et couverte de lierre ; là d'où, jadis, l'on surveillait les prisonniers. Nous avons pénétré une végétation épaisse, nous avons contourné des arbres au tronc creux et dont les branches informes s'agrippaient à nos vêtements. Ce n'étaient que des cabanes laissées à l'abandon. Mais elles nous étaient interdites. Et cet interdit donnait une drôle d'odeur à l'air. Nous marchions à pas feutrés, en ligne comme des fauves, la tête rentrée dans les épaules. Nous tracions notre propre chemin, aplatissant de nos pieds nus la broussaille sèche. Nous nous sommes tus. Il n'y avait plus que le bruit de notre cadence régulière et de nos soupirs. Éprouvés, nous avancions toujours quand, soudain, l'un des gamins a buté sur un puits. Nous nous sommes aussitôt agglutinés autour de sa découverte, fascinés. Nous y jetions des cailloux, l'oreille attentive au bruit de l'impact qui, nous semblait-il, ne venait jamais.

– Il paraît qu'il y a des squelettes à l'intérieur ! a ricané l'un des garçons.

J'ai levé les yeux au ciel.

– Quoi ? Tu ne me crois pas ?

Son front contre le mien, j'ai souri à mon tour.

– Tu dis n'importe quoi !

Dans ses yeux, je lisais son hésitation et l'envie de me provoquer.

– Alors, prouve-le, a-t-il lâché. Va à l'intérieur !

À bien observer le puits, nous en sommes rapidement venus à la conclusion qu'un adolescent n'y entrerait pas. Mais un enfant, de la taille d'Orphée par exemple, y tenait parfaitement.

– Tu veux descendre ? ai-je demandé à mon frère. Chiche ? Je voulais le mettre à l'épreuve, prouver aux autres que lui comme moi étions du côté des puissants.

Orphée, que le danger n'impressionnait pas, se laissait faire. Nous lui avons passé une corde sous les bras, celle que nous avions volée à l'un des pêcheurs qui, à cette heure, devait roupiller sous un arbre, et nous l'avons regardé descendre dans le puits sans se révolter, les épaules rentrées et les bras en croix. Il glissait contre la paroi humide, acceptant avec grâce de se faire avaler par l'obscurité, d'aller à la rencontre de l'inconnu. Il décrivait ce qu'il voyait dans sa descente, chaque pierre, chaque insecte et chaque plante rampante qui, d'une manière ou d'une autre, était parvenue à pousser en ce lieu si hostile. Il respirait l'air d'un autre monde, plus épais, plus moite. Sa voix nous parvenait mais elle s'éloignait. Pourtant, me suis-je dit, il n'était pas si bas.

– Tes pieds touchent le sol ?

Mon frère ne répondait pas.

– Orphée ? Tu touches le sol ou pas ?

Silence.

J'ai ordonné aux copains de le remonter mais la corde coinçait, comme retenue. Ils étaient à présent cinq à tirer, leurs corps bandés en arrière, rasant le sol. Rien n'y faisait.

– Orphée ! Orphée, réponds-moi !

Il était perdu, je pleurais, je hurlais, je frappais les garçons autour de moi qui, muets, ne comprenaient pas comment, en l'espace de quelques minutes, ils étaient devenus des meurtriers. Je regardais leurs mains encore agrippées à la corde et envisageais déjà de sauter à mon tour dans le vide. Plonger et sauver Orphée. Je me réservais le sort de mourir car j'étais à l'origine de sa perte. J'en étais certain, j'étais celui qui l'avait tué.

Ce silence, toujours. Et puis, un cri. Orphée a hurlé. Mon cœur a éclaté.

Un homme passait par là et a immédiatement compris. D'une poigne solide, il a hissé Orphée et l'a pris dans ses bras. Cet homme, c'était le gardien du cimetière, Aleksandar. Il y avait une noirceur nouvelle dans les yeux d'Orphée. La marque d'un cauchemar.

Je n'ai jamais su ce qu'il avait vu. J'imagine aujourd'hui ses pieds flottant dans le vide, deux petits pieds pendus dans le noir. Qu'y avait-il en bas ? Orphée a rencontré la peur, dans sa forme la plus primitive. Orphée, poussé par la curiosité, pas la sienne mais bien la nôtre qui l'attendions confortablement, enfants vautours prêts à sacrifier l'un des nôtres pour satisfaire notre avidité de savoir, a voyagé jusqu'à la frontière de la raison. Une fois cette frontière franchie, ne restait plus que l'impérative volonté de vivre.

Orphée se calmait. Aleksandar, lui, ne cessait de me regarder. L'accusation que je lisais dans ses yeux était grave, et méritée. Je n'avais pas protégé mon frère. Pire, je l'avais livré au danger.

Ma mère a métamorphosé les nuits d'Orphée. Cela faisait une semaine, c'est-à-dire une éternité, que nous vivions à Sjena lorsque j'ai remarqué la fatigue de mon petit frère. Les cernes creusaient son visage, il perdait l'appétit, était encore plus fuyant que d'habitude.
– Tu ne dors pas bien ?
– Si...
– Orphée, dis-moi, qu'est-ce que tu as ?
– C'est un secret. Je n'ai pas le droit de te dire.
Ma mère, qui passait par là, a fait semblant de ne pas nous entendre. Nous prenions notre petit déjeuner dans un épais silence. Elle a bruyamment tiré la chaise et s'est assise, une tasse de thé entre les mains. Elle baissait les yeux mais je sentais sa colère. Elle n'aimait pas que je creuse, que j'enquête sur ce qu'elle faisait la nuit pendant que nous fermions les yeux.
– Et toi, tu as bien dormi ? lui ai-je demandé.
Un rictus a fendu son visage.
– C'était divin... Tu me passes le sucre ?
Je me suis levé, furieux. Elle n'était pas elle-même.

Le soir venu, j'ai gardé les yeux grands ouverts et l'ai entendue réveiller Orphée.

– Tu es prêt ? a-t-elle chuchoté.

Euphorique, mon frère s'est habillé et a quitté la chambre. Je les ai suivis dans le noir, reconnaissant à peine les allées du village dont j'aurais juré qu'elles venaient d'être créées par Orphée et ma mère.

Un chapelet de lampadaires bordait la route. Mère et fils sombraient dans la pénombre avant de réapparaître à la lumière d'un réverbère. Ils se regardaient beaucoup, semblaient se parler sans que leurs lèvres bougent. Une compréhension naturelle naissait dans le silence de ces deux êtres qui avançaient dans la nuit. La grande nuit, noire d'étoiles.

Malgré ma perte de repères, je reconnus l'église du village, lorsqu'elle surgit au détour d'un chemin. La porte s'est ouverte. Orphée et Bérénice ont disparu.

L'église reposait sur la seule pointe de Sjena, tout à l'ouest. C'était l'église qui ne connaissait pas le soleil du matin. Vieux de plusieurs siècles, l'édifice se décomposait. La nef n'existait plus, ouvrant l'église au ciel, une béance lui tenait lieu de chœur. La pierre, attaquée par le sel et la tempête, gémissait. Les croyants avaient cessé de croire. Cette chapelle éventrée ne leur avait apporté aucun réconfort et leur foi éprouvée semblait s'être dissoute dans la mer. Le prêtre, qui jadis célébrait la communion dos à l'assemblée, comme la pupille d'un grand œil bleu dont on ne savait pas très bien s'il tirait sa couleur du ciel ou de l'eau, avait continué à le faire même lorsque le dernier de ses fidèles avait franchi la porte et n'était pas revenu. Avant de disparaître à son tour.

Orphée, pourtant, m'assurait qu'il discutait des heures avec le religieux.

– Il m'a raconté que l'église, c'est l'arrogance des hommes. Comment peut-on croire un seul instant qu'elle puisse résister à la morsure du sel ? Tout doit partir. Tout partira.

Je l'écoutais, comme toujours, je l'écoutais.

– Tu mens ! Le prêtre n'est plus là. Il est parti il y a longtemps, bien avant que nous ne connaissions Sjena.

Mon frère s'est raidi.

– Tu as tort. Moi, je l'ai vu.

Orphée aimait tant se trouver dans le ventre de cette église fissurée... Elle était le royaume de mon frère et je m'émerveillais de le voir contempler le ciel depuis un banc abandonné par les fidèles. Orphée, qui ne croyait ni en Dieu ni au diable. Orphée qui croyait en l'orage du cœur.

Un jour, je l'ai trouvé allongé sur la pierre froide. Je l'ai porté sur mon dos et j'ai traversé le village, suivi par des habitants curieux.

– Il est le fils d'Érèbe et je suis le fils de Nyx, a murmuré Orphée.

– De quoi tu parles ?

Mon frère dormait presque.

– Le prêtre, il vient de l'obscurité et moi, de la nuit. Et à nous deux, nous formons un passage.

– Tu dis n'importe quoi... Tu rêves à moitié. Et puis, d'abord, l'obscurité et la nuit, c'est pareil.

– Non, ce n'est pas pareil. L'obscurité, c'est de la matière. La nuit, c'est un monde.

Il m'arrivait de me lever de grand matin afin de rejoindre Aleksandar au cimetière. Gardien des tombes, comme son père avant lui, il m'attendait une cigarette entre les doigts, le ciel était encore pâle. C'était un timide, un homme droit. Sur l'île, les habitants juraient qu'il savait parler aux morts. Il n'était pas inhabituel que certains viennent le trouver dans l'espoir de les entendre. Aleksandar avait un grand pouvoir de consolation. Par la douceur de ses gestes, la délicatesse de ses mains nettoyant au savon noir les stèles, il veillait en réalité sur les vivants qui, le regardant faire, pleuraient de voir un homme au chevet des défunts.

Grâce à Anouk, il avait appris le français mais ce n'est pas pour autant qu'il me lançait, en l'espace d'une heure, plus de dix mots. Sauf ce matin-là. Je l'aidais à remettre en ordre le cimetière, à ramasser les pots de fleurs, à balayer la poussière et à laver les ornements que la rouille attaquait. Je tournais autour de la statue de la Sainte Vierge que l'on avait dressée au milieu du cimetière, de sorte que toutes les allées mènent à elle.

– Connais-tu l'histoire de cette madone ? m'a demandé Aleksandar. Mon père me l'a racontée quand j'avais à peu près ton âge.

Il a allumé une énième cigarette.

– C'est un Grec qui l'a sculptée. Il a débarqué un jour sur l'île avec un énorme bloc de marbre. Un truc monstrueux, de la taille d'une grosse armoire. Il racontait que sa mère était venue se reposer à Sjena et qu'elle avait désespéré de ne trouver aucune représentation de la Vierge Marie. Avant de partir, elle avait promis aux habitants une statue de la Madone. Mais elle était morte sans avoir pu tenir sa promesse et son fils lui avait juré qu'il irait à Sjena et qu'il lui offrirait la plus belle des statues. Le Grec a voyagé pendant dix ans, à la recherche d'un marbre légendaire, caché dans les carrières d'un pays lointain, perdu dans la Méditerranée et qu'aucune carte ne répertoriait. Un marbre transparent et au grain si fin que seuls les plus grands sculpteurs de l'Antiquité savent travailler. Un marbre qui, sous la main des hommes touchés par la grâce, pouvait donner naissance à des statues de chair. Il a trouvé ce pays après s'être mille fois perdu dans le désert bleu de la mer. Il a trouvé ce pays légendaire et s'est enfoncé dans sa montagne. La pénombre était si épaisse que si un gouffre s'était trouvé sur son passage, sa lampe à huile n'aurait pu en révéler l'existence qu'à la toute dernière seconde.

« Le marbre qu'il voulait se trouvait au cœur de la montagne, dans les carrières les plus profondes. Nul ne sait comment le Grec est parvenu à en extraire un si gros morceau. Les uns disent qu'un dieu l'a aidé, les autres affirment qu'il a fait un pacte avec le diable. Le Grec, aidé des hommes les plus forts de la région, a transporté le bloc de marbre jusqu'au cimetière de Sjena. On raconte que l'entreprise a duré un jour, on raconte qu'un homme, excédé, a juré devant le Seigneur. "Tais-toi !, a alors répondu le Grec. Tais-toi ! Car il y a la Madone à l'intérieur et elle t'entend !"

« Le bloc de marbre est arrivé dans le cimetière à l'heure où tombait la nuit. "Maintenant, laissez-moi, a ordonné le Grec. Que personne ne rentre dans ce cimetière. Que personne ne me regarde. Je dois l'entendre." Il a collé son oreille contre la pierre blanche, est resté ainsi pendant de longues heures, du soir au petit matin. Mon père, qui n'était qu'un gamin à l'époque, lui a apporté un verre d'eau. Le Grec a refusé de boire, sa joue toujours contre le marbre. "Je l'entends... J'entends le cri de la Madone."

« Le Grec s'est déshabillé et, entièrement nu, s'est adressé au ciel : "Je n'ai besoin de rien d'autre que mes mains. Je ne suis plus que mes mains." Nuit et jour, il a travaillé le marbre, hurlait dès qu'un habitant s'approchait. Pleurait à la première fissure. Exultait quand le marbre, frappé par le soleil, aveuglait ses yeux clairs. Rugissait lorsqu'il jetait de l'eau sur la pierre qui, soudain, avait une odeur. "Je vous vois, ma Mère, je vous vois. Vous apparaissez..." Fou, il cisaillait le marbre étincelant. D'un bloc, il a d'abord fait une forme grossière. La silhouette d'un corps agenouillé. Au fil des mois, à l'aide de centaines d'outils qui ont fini par envahir le cimetière, quelque chose prenait vie. Le Grec ne travaillait selon aucun modèle, aucun moule. C'était proprement... impossible. Les habitants, interdits d'accès, s'impatientaient. Le Grec, qui avait cessé de se laver, avait le corps couvert d'une épaisse pellicule blanche. Il avait perdu l'usage de la parole. Le silence s'était fait autour de la Madone qui voyait le jour.

« La Pietà est née un soir d'été et c'est mon père qui l'a découverte le premier. Il m'a raconté s'être approché de cette Vierge aux bras nus, que tu vois là, et être tombé à genoux. Regarde ses bras blancs, aux veines distinctes, aux tendons apparents, comme si elle portait quelque chose de très lourd. Un corps. Mais, dis-moi, Pierre, où est-il, ce corps ?

« La statue portait dans ses bras un disparu. Le Grec n'a pas représenté le Christ. Mais la Mère éplorée le porte, tu le vois à ses bras éprouvés par l'effort, tu le vois à ses mains et à ses doigts crispés sur la chair inerte du fils de Dieu. Tu le vois à son visage qu'un cri s'apprête à déformer. Approche-toi, Pierre... Regarde ses yeux. Regarde, car même les statues pleurent. »

J'ai reculé, désormais effrayé par cette absence.

– Le Grec a disparu, personne ne l'a plus jamais vu. Parfois, je l'imagine revenir alors que nous dormons tous. Je l'imagine aller jusqu'au cimetière et s'allonger dans les bras de la Madone. Je l'imagine à la place du corps du Christ. Car tout comme Marie a perdu un fils, lui, a perdu sa mère.

– Pierre, Orphée, c'est maintenant, il y a une belle lumière !
Ma mère s'était mise en tête de peindre nos portraits.
– Cette maison est morte parce que vos visages n'y sont pas.
Aleksandar tenait l'appareil photo. Nous étions dans le salon que la lueur du soir venait dorer.
– Je veux que vos yeux explosent de couleur. Aleksandar, capture leur regard, s'il te plaît.
Elle était dans un tel état d'excitation... Transie par une euphorie anormale, celle qui précède l'une de ses crises. Il lui était impératif de « capturer » notre regard, répétait-elle. J'étais le premier à m'asseoir sur la chaise de bois, contre le mur au papier peint bleu glacier, parcouru de motifs de branches fleuries que des silhouettes d'oiseaux venaient picorer. Elle avait raison, la lumière était belle.
– Ne me regarde pas, a ordonné ma mère. Fixe l'objectif, Pierre.
J'ai croisé les bras et me suis tenu droit, sondant l'œil noir de l'appareil. Je me sentais épié. Épié par notre famille inconnue dans ses cadres et qui, quoique morte, habitait la pièce.

Par Orphée qui, dans un coin, souriait, tranquille petit ange sombre. Par Aleksandar qui attendait mon regard.

– Il y a trop de choses qui te traversent l'esprit, Pierre.

Ma mère s'est approchée et m'a caressé le visage.

– Pense à moi, lorsque je nage...

Mon cœur s'est emballé. Je l'ai immédiatement agrippée, mon oreille contre sa poitrine, guettant les mouvements de son cœur.

– Il bat, a-t-elle murmuré, embrassant mes cheveux. Il bat.

Aleksandar s'est accroupi, et j'ai regardé droit devant moi. Je la suppliais. Je voulais qu'elle peigne mes yeux qui la suppliaient de ne pas disparaître.

– C'est bon, a lâché Aleksandar. Je crois qu'on l'a.

Nous avons tous les trois détaillé la photo et je ne me suis pas reconnu. Mes cheveux noirs, mes joues creuses, ma bouche pincée... Dans mes yeux, le chaos et ma lutte.

– Mon Pierre... Mon grand garçon.

Il avait suffi d'une prise pour « capturer » Orphée. Lui n'avait pas regardé l'objectif.

Ses yeux hésitaient entre la contemplation d'un rêve et la réalité de l'instant. On le prenait en photo, alors il posait. Il ne regardait plus le monde, il était déjà au-delà. Ses yeux étaient un passage vers d'autres contrées.

C'était un jeu parfaitement bizarre, né d'une ruine que notre goût d'enfant avait transformée en péril. Sur l'île, il y avait trois plages : Jazi ou la plage des ermites (un écho déformé aux bernard-l'ermite qui habitaient les milliers de crevasses) ; la plage de la grosse dame (que tous les garçons de l'île surnommaient en fait « la grosse dame aux gros seins », celle qui, tous les jours au petit matin, venait s'allonger sous le seul conifère de l'île, nous offrant ainsi la vue d'une poitrine fournie, informe, molle, cherchant à tout prix à s'échapper d'un soutien-gorge trop petit, inadapté à la superficie de cette peau qui s'étendait sur la plage et jusque dans la mer) ; et enfin, la plage du Calvaire.

C'était la plus petite et la plus déserte des plages. Il fallait emprunter un chemin escarpé que l'asphalte n'avait pas encore touché. Il fallait, pieds nus, fouler l'herbe sèche, presque morte, et risquer de marcher sur la queue d'une vipère. Du moins, c'est ce que ma mère disait pour nous décourager. « N'allez pas trop loin, là où siffle la broussaille. » Une nouvelle règle à enfreindre, et voilà que nous courions avec les autres gamins de l'île jusqu'au bout du sentier, éblouis par le soleil, écrasés par la chaleur, attirés par l'interdit et la promesse de cet étrange mais légendaire jeu d'enfant que d'autres avaient joué avant nous. Et que, chaque été, nous rejouions.

Après avoir traversé le bois épais, nous déboulions comme des fous, riant à gorge déployée, sur cette modeste plage du bout du monde, le torse présenté à l'horizon. Il y avait une vieille jetée en béton au bout de laquelle nous sautions. Au fond de l'eau transparente dormait notre ruine préférée : un immense calvaire que des communistes, racontait-on, avaient jadis renversé, profané et abandonné à la mer. La grande croix, encore attachée à un socle lourd, avait coulé à pic. Parfaitement verticale, elle dominait ce désert sous-marin de temps à autre visité par de petits poissons. La croix ainsi plantée dans le sable épais imposait un calme inquiétant. Rien ne l'avait touchée, ni les oursins ni cette mousse sauvage et verte qui s'attaque aux épaves. Elle était immaculée. À croire qu'elle venait d'être posée là ou qu'elle avait vu le jour avant même que ne naisse l'île. Du corps du Christ, il ne restait que les mains. Deux paumes offertes au ciel, plantées par des clous. Des doigts crispés par la douleur. Nous nous lancions toujours le même défi : nager jusqu'à la croix, et coller notre dos contre la pierre comme le Crucifié.

C'était un jeu parfaitement bizarre qui n'en était peut-être pas un. Nous aimions, je crois, éprouver notre endurance. Cette ruine participait d'un rite d'initiation mettant à l'épreuve nos nerfs. Car nager jusqu'à la croix était une lutte : nos mouvements, contrariés par la puissance de l'eau, étaient lents. Lourds, lourds comme dans un rêve ou plutôt comme dans un cauchemar, tandis que nous cherchons à semer un monstre et que chacun de nos membres est fait de plomb. Nous sommes lents, insupportablement lents. Orphée nageait mal et n'a réussi à atteindre la croix qu'une seule fois. Ce jour-là, il a failli mourir.

Avant de plonger, Orphée a respiré l'odeur de sel de cette île désolée. Il a plongé, fendu l'eau limpide de ses mains et son petit corps a maladroitement imité les mouvements d'une grenouille. Et plus il approchait du calvaire, plus la température chutait. Le froid enveloppait ses membres, lui glaçait le visage. Il a plongé jusqu'à rejoindre cette croix qui l'attendait. Qui attendait Orphée et personne d'autre. Il l'a embrassée, l'a enveloppée de ses bras et de ses jambes. Il était comme un nourrisson au fond de l'eau. Il a longuement expiré, a rejeté l'air qui lui restait encore, chaque petite bulle de vie, et j'ai vu ces bulles pétiller à la surface. Il voulait dormir, je crois. Alors, les couleurs ont disparu, le ciel s'est assombri. Il a perdu connaissance.

Il ne s'est pas débattu, s'est noyé dans un calme bizarre. Il éprouvait un feu douloureux dans la trachée et jusque dans ses poumons bientôt vides. La manière dont il acceptait indifféremment sa propre disparition m'échappait. Qu'a-t-il bien pu se dire ? « Alors, c'est comme ça qu'on part ? C'est aussi facile ? » Aucune image ne lui venait en tête, le fil de sa vie n'existait pas. Il n'y avait qu'une douleur très physique et l'incompréhensible idée que c'était bientôt fini. J'ai plongé, j'ai plongé et nagé comme un fou. Je criais sous l'eau, j'étais muet. Nous avons failli mourir tous les deux, ce jour-là.

– J'ai hurlé car tu ne m'entendais plus.

C'était un jeu parfaitement bizarre qui, au fond, n'en était pas un.

Nous avons failli mourir et ma mère ne me l'a pas pardonné.

– Il va bien, ne t'en fais pas.

Je tentais de la rassurer.

– J'aurais préféré qu'il ait peur plutôt que mal.

Orphée ne disait toujours rien. Orphée, son Orphée, avait failli ne pas revenir. Les yeux bleus de mon frère, terrorisé de voir sa mère si blessée, se sont tournés vers moi, me suppliant de lui pardonner. Et puis la gifle a volé, s'est écrasée sur ma joue, la gifle de ma mère qui, folle de rage, rugissait. Je n'avais pas sauvé mon frère. J'étais l'irresponsable, le bon à rien et, finalement, le grand traître.

Cette nuit-là, j'ai dormi comme un chien sur le pas de la porte d'entrée. Un peu plus tôt, je m'étais mis sous la fenêtre de ma mère et lui avais demandé pardon. Elle ne m'avait pas répondu. J'ai senti naître en moi un immense désir de vengeance.

Au petit matin, Orphée m'a ouvert et a collé son visage contre mon torse.

– Pardon, Pierre... Je voulais te laisser entrer plus tôt mais elle m'en a empêché.

Dans la cour, il y avait une petite dépendance que ma mère avait reconvertie en atelier de peinture. Chaque année, avant que nous arrivions sur l'île, Anouk y déposait tout le matériel nécessaire. C'est dans l'atelier que ma mère, Orphée et moi nous retrouvions. C'était là que, le temps d'un tableau, nous formions une famille.

Ma mère nous autorisait à la regarder peindre à condition que nous nous tenions derrière la toile. Une toile aussi large que le buste d'un géant, suffisamment large, certainement, pour dissimuler le corps menu de ma mère. Ces temps-là étaient des temps de silence. Nous contemplions le châssis de bois supportant la toile qui, sous les coups de pinceau appuyés de ma mère, ployait, se courbait, respirait presque. Nous observions la matière, ce blanc de lin, boire la peinture et changer de couleur jusqu'à s'épaissir d'une image entêtante dont ma mère cherchait à se débarrasser.

– Je peins les eaux bleues.

Ma mère peignait des heures durant et les tableaux étaient son champ de bataille. Elle y faisait naître, en sorcière qu'elle était, un rêve très ancien. Ainsi recueillie, l'on aurait juré qu'elle priait. Il y avait, dans la toile, quelqu'un qu'elle suppliait de revenir. Ou de rester. Elle peignait un drame, et sa respiration, lente, constante, régulière comme la petite aiguille d'une montre, reflétait un éprouvant voyage intérieur. Une épreuve, un exercice de reconstitution. « Je peins les eaux bleues. » Un murmure déposé sur la toile et qui lui permettait de conjurer le temps. De l'arrêter, d'entrer dans une forme d'immortalité. Les eaux bleues, là où la tragédie est née.

Gagnée par le découragement, ma mère faisait appel à Orphée, l'invitait à se rapprocher, là, derrière la toile. Je restais de l'autre côté.

– Mes yeux d'adulte sont morts, Orphée. Toi, tu vois encore.

Peu à peu, Orphée s'appropriait le rêve originel de ma mère, choisissait les couleurs, guidait sa main. Elle peignait les eaux bleues sans interruption, presque sous hypnose, aidée par Orphée qui l'accompagnait jusqu'à ce qu'elle puisse, seule, tremper le plus fin de ses pinceaux dans la gouache noire, et fixer sur la toile le dernier point. À la lisière de l'horizon, là où mer et ciel se confondent et où la perspective fuit.

– Là où se cache l'œil de Dieu, murmurait-elle.

Je sentais que quelque chose m'échappait, que mon frère et ma mère vivaient un songe que je ne pouvais pas comprendre. La fragilité de ma mère se traduisait en une violence à mon égard. Elle se mettait en colère et me renvoyait ma parfaite ignorance.

– Tu ne sais rien de moi, tu ne comprends pas ce que je suis.

Je contestais, bien sûr. Je proclamais mon innocence, je répétais que je n'y étais pour rien si j'étais désespérément normal, étranger à sa tristesse. Je m'excusais d'être son fils.

Mon corps adolescent me dépassait, je me sentais homme trop tôt et protestais avec hargne, d'une grosse voix. Ce qui ne manquait jamais de la faire rire. Un soir, nous étions dans la cuisine elle et moi. J'évoquais un poème qu'Orphée m'avait suggéré de lire et que j'avais passé la journée à étudier.

– Toi, tu lis du Baudelaire ? a ricané ma mère, m'arrachant le livre des mains. Alors, dis-moi ce que tu as compris.

Du coin de l'œil, mon frère m'encourageait. Et je me sentais encore plus humilié. Je savais que c'était couru d'avance, je sentais toute mon impuissance face à ces âmes froides, recluses depuis toujours dans une cage de verre. Je savais qu'à cet instant, je forçais la porte et que ma mère, que Bérénice me le ferait payer. Elle a allumé une cigarette.

– Allez, lance-toi.

J'ai lu, ne résistant pas à l'envie de plaire à ma mère.

– « À une passante » parle d'un regard que deux êtres échangent. Il y a l'homme et il y a cette passante qui déchire la foule. « La rue assourdissante autour de moi hurlait. » Il y a son œil, « ciel livide où germe l'ouragan ». Alors, comment résister ? Comment résister à la « douceur qui fascine et le plaisir qui tue » ? J'imagine l'homme se pencher, allonger le cou et suivre jusqu'au bout, tant qu'il le peut, cette silhouette que les ombres tout autour menacent d'effacer. « Un éclair... puis la nuit ! - Fugitive beauté dont le regard m'a fait soudainement renaître, ne te verrai-je plus que dans l'éternité ? »

« Orphée, tu es né, ai-je poursuivi, et ma mère t'a regardé. De cet échange est né un univers. Mais Orphée, tu sais qui est Maman ? Tu sais ce dont elle est capable ? Orphée, tu es celui qui reste et toi, Maman, tu es celle qui passe. »

Ma mère fulminait. Bérénice me fusillait du regard.

– Tu n’as rien compris à ce que tu as lu, Pierre. Tu es trop terre à terre, ce n’est pas ta faute. Tu n’as aucune imagination.

Une rage s’est emparée de moi et j’ai grogné comme un chien qui montre les dents. Je l’ai plaquée contre le mur, je l’ai immobilisée, empoignant ses petits bras que j’aurais pu briser. Elle a ri.

– Je pourrais te casser les os, l’ai-je avertie, les larmes aux yeux.

Elle a embrassé ma joue.

– Tu me menaces en pleurant... Tu n’es qu’un petit garçon.

Impuissant, je me suis assis, assommé par ma propre fragilité et par le désir que j’avais eu, au fond, de tuer ma mère.

– Quand tu es né et que je t’ai vu, j’ai eu, pour la première fois, envie de me suicider.

L’île changeait ma mère. Elle la transformait tout doucement. Tout ce qui, dans le monde extérieur, ne faisait que dormir en elle, se réveillait ici. Orphée, innocent, marchait dans les pas de cette femme qui me devenait de plus en plus étrangère. Il savait que nous nous disputions. Il le détestait, ne le comprenait pas.

– Je réfléchis, disait-il toujours, je réfléchis à ce que nous pourrions faire pour l’aider.

– Pierre ! Orphée !

Ce matin-là, nous avons accouru en bons petits soldats.

– J'ai une mission pour vous.

Elle était allongée sur un transat dans l'arrière-cour, à l'ombre d'une vigne grimpante aux lourdes grappes de raisin que supportait une pergola vétuste.

– J'aimerais que vous m'offriez un cadeau.

Je connaissais bien ce regard plein de défiance. Il ne s'agissait pas de la simple requête d'une mère à ses fils adorés. Non, c'était un défi qu'elle nous lançait.

– Vous avez jusqu'à ce soir.

Ce n'était pas la première fois qu'elle organisait une compétition entre ses deux fils, un combat pour lui montrer lequel l'aimait le plus. Ma mère n'avait besoin que de ceci : des preuves d'amour nées de la lutte entre ses deux champions. À ce jeu, je perdais toujours. Ce jour-là, toutefois, je n'ai pas résisté à l'idée d'enchanter ma mère. Je suis allé trouver l'un des pêcheurs de l'île et l'ai supplié de me prendre à son service. J'ai nettoyé son canot, frotté le pont, récuré les caisses isothermes à l'odeur nauséabonde de poisson, gratté la coque où s'étaient accrochés des centaines de petits chapeaux chinois résistants, et poncé le calcaire. Des heures et des heures de travail, à l'heure où le soleil frappe le crâne et où les habitants se retranchent, le temps d'une sieste. Tout cela contre une perle noire que le pêcheur assurait avoir trouvée à Tahiti. Une fausse, sans doute, je n'étais pas naïf. Mais j'avais bon espoir que ma mère admirerait mon effort. L'espoir enfantin de croire que l'amour peut faire d'une bille de plastique un bijou précieux.

Orphée a quant à lui choisi de sculpter une version miniature de la maison de nos ancêtres, une idée brillante, que lui seul pouvait avoir. Lui ou ma mère. Je l'ai observé tailler le bois à l'aide d'un petit couteau tranchant et j'ai vu la lame se planter dans sa main, à l'endroit où se rejoignent le pouce et l'index. Lentement, Orphée a retiré le couteau. Il a observé sa blessure, l'intérieur de sa main. Il s'est levé, a traversé le port, a gravi la route jusqu'à notre maison. J'ai suivi les gouttes de sang noircies par le soleil. Un tableau m'attendait : ma mère agenouillée, soignant la main blessée d'Orphée, embrassant ses phalanges une à une.

– Mon Orphée...

Son ange, lui, avait choisi de répondre par le silence. Droit et fier, il contemplait cette femme fragile lui demander pardon. Ma mère a ensuite baisé la petite sculpture de bois.

– Un miracle minuscule, murmurait-elle.

Spectateur impuissant, résigné, je me suis avancé vers la défaite. Je lui ai tendu la perle noire. Ma mère a posé ses offrandes sur la table de la cuisine et les a longtemps observées. Dehors, les cigales chantaient. Les arbres frémissaient. Et puis, le silence. Lentement, ma mère s'est penchée au-dessus de la perle, puis de la sculpture.

– Il n'y en a qu'un qui a versé son sang pour moi.

Ma perle a fini à la mer, aspirée par le siphon du lavabo.

« J'ai compris comment rêver. » Depuis que Bérénice et Orphée se rendaient à l'église, mon petit frère récitait cette phrase comme une prière. L'église. Là où Orphée se donnait à la nuit.

Nous sommes dans la maison. L'île est déserte, inhabitable. Il y a cette lointaine musique des songes – la même, peut-être, que celle des souvenirs : une brise qui vient du fond de notre mémoire, le bruit des ombres et puis, des voix. Celle d'Orphée, enfin, un écho. « Tu viens ? » Il me guide jusqu'à la chambre. Un prêtre nous barre la porte. « Laisse, nous passons », ordonne Orphée. L'homme porte une soutane de soie et sur la poitrine, une croix d'or. Il s'écarte. La chambre est vide et sa seule fenêtre, ouverte. « Il faut qu'on aille de l'autre côté », murmure Orphée. Une lumière irradie la pièce et nous franchissons la frontière d'un rêve afin de rejoindre celui de ma mère, de l'autre côté de la fenêtre. Elle nous appelle.

Elle est assise sur un banc de pierre au fond d'un petit bois. Orphée et moi traversons une allée de tilleuls argentés que le vent déshabille. Autour de nous, des milliers de feuilles dansent à la manière de toupies frêles. Le ciel est incertain, ici dégagé, d'un bleu noble, et là, orageux, fait de sombres nuages. Ma mère, elle, est entourée d'une nuit claire d'hiver. « Pierre, Orphée, venez. »

Nous la rejoignons, elle nous prend dans ses bras. Devant nous, de majestueux arbres, témoins des siècles passés et des siècles à venir, grandissent, leurs branches sondent la nuit, leurs racines creusent la terre et s'étendent comme une toile d'araignée. « Ils tissent le temps, murmure ma mère. À genoux ! À genoux devant ces géants qui luttent pour toucher la cime des cieux. » Orphée frôle l'écorce d'un épicéa et regarde les étoiles de feu.

Un tourbillon de poussière d'or lui pique les yeux. Il sourit. « Dieu regarde. » Ses yeux ont changé, ils ont la couleur bleue d'une flamme ardente. Son iris contient un monde embrasé. « Dieu regarde. »

Ma mère me serre la main. « Nous avons connu le noir, mon grand. Mais je vous ai enseigné que dans l'ombre, se cachent les fées. Je vais disparaître, mon fils, et tu connaîtras des jours plus silencieux que d'autres. Je serai ta grande blessure. Viens me chercher dans la prière, viens me trouver dans la suspension des heures, je vivrai dans une œuvre d'art, dans un poème ou dans une mélodie. Ne te détourne pas du monde, sonde ce qui s'y camoufle. Je suis allée trop loin... »

Orphée pleure et, dans le ciel, ma mère danse. « Je songe au grand voyage... »

┼

J'ai ouvert les yeux, Orphée me regardait. Et j'étais sûr, j'étais absolument sûr que nous avions fait le même rêve. Ses yeux scintillaient. Je sentais le calme du jour qui se dessinait dans le ciel. J'écoutais les rapaces de la nuit disparaître. Un monde cédait à un autre. Bientôt, la place du village serait blanche et les eaux diamantées. J'émergeais, je naissais de la nuit.

– Pierre ?

Mon petit frère contemplait son reflet.

– Pierre, regarde...

Il se tenait bien droit, face à l'une des icônes religieuses sous verre, accrochées au mur de notre chambre. Mes pieds, engourdis, foulaient un parquet déjà tiède et pourtant, j'avais froid. Je n'étais pas encore tout à fait revenu de mon rêve.

– Regarde mes yeux...

Ses boucles noires cachaient son visage. En les dégageant, je découvrais des iris bleus tachetés d'or.

– Nous ne sommes pas allés loin, a murmuré Orphée. L'église... Il faut aller dans l'église, la nuit.

– Les gens disparaissent, ici.

Anouk brodait, s'employant à dessiner sur tous les types de tissu. N'importe lequel, le premier qui lui tombait sous la main.

– Les gens disparaissent ici, et je ne les retrouve pas.

Dehors, la pluie criblait une terre sèche. Anouk et moi étions réfugiés dans sa petite maison bleue, cette cabane dans laquelle le vide n'existait pas. Chaque trouvaille, du coquillage nacré à la plume, avait ici sa place. Une étrange collection de choses que le monde avait abandonnées, des particularismes, un caillou malformé, l'os d'un rongeur, l'œil d'un poisson, un nid que le vent avait soufflé. Anouk avait une jolie formule pour les décrire : « Ce sont des errances. »

Anouk cherchait les disparus, tenait à jour une liste de noms, de caractéristiques physiques, de dates.

– Peut-être qu'ils partent tôt le matin, sans rien dire, s'interrogeait-elle. Peut-être qu'ils se cachent, peut-être même que l'île les avale.

Alors, Anouk brodait Sjena, piquait le coton et dessinait les contours d'une île sauvage. Espérait-elle trouver de nouvelles criques ? des cachettes ? Car l'île, jurait-elle, était mouvante. On croyait la connaître mais ses frontières reculaient, avançaient, Sjena s'engraissait des histoires de ceux qui la visitaient. Et puis, un jour, ils finissaient par disparaître. Anouk voulait fixer l'île pour l'éternité sur un morceau de tissu et, dans le même temps, récitait les prénoms, réels ou inventés, de ceux qui s'y étaient perdus.

Elle s'est arrêtée et a fixé le ciel.

– Je vais m'allumer une clope.

Sa broderie reposait sur la table.

– Tu en veux une ?

Elle me tendait une cigarette.

– Essaie.

Elle souriait et nous fumions ensemble.

– J'imagine Bérénice... murmurait-elle comme un grand secret. J'imagine Bérénice quelque part sur cette broderie... Et j'ai peur de dessiner un présage.

Peu à peu, je perdais le fil des heures. Les jours se confondaient et je me sentais glisser, flotter, pris dans le mécanisme irrésistible de la routine. Je me réveillais, nageais, marchais, dormais. Mon corps n'était plus tout à fait le mien et, engourdi, je subissais l'été. Le matin, c'était la plage ; l'après-midi, la maison ; le soir, le port. La plage, la maison, le port. Et cela, tous les jours, sous le même ciel, vide de nuages et écrasant de bleu.

Je n'aimais pas l'idée d'être la chose inanimée de l'île. Je n'aimais pas l'implacable quotidien qu'elle imposait. Alors, pour me souvenir qu'il existait un ailleurs et qu'au fond, je venais bien de quelque part, j'attendais de voir apparaître le ferry depuis le port. Lui seul me rappelait qu'il était possible de partir. Il suffisait d'un billet aller.

Le ferry, avec ses bouts rongés de sel et ses bouées griffées par la rouille des crochets, paraissait ancestral. Le bleu de sa coque disparaissait sous une couche de coquillages et d'algues. C'était un monstre de vieux métal qui retournait au port de Sjena. Les canots de pêcheurs tanguaient, les vagues frappaient la rangée de chats qui, allongés sur la jetée, pêchaient les petits poissons attirés par le ferry. Les voyageurs descendaient, d'autres patientaient dans le port, prêts à embarquer jusqu'à Zadar. C'était un va-et-vient rassurant qui interrompait le silence de Sjena.

Puis le ferry partait, laissant derrière lui de petits tourbillons de sel. J'aimais sauter dans cette couche épaisse et blanche, plonger dans ces eaux mousseuses et entendre, sous l'eau, le rugissement des hélices. Je le regardais disparaître et luttais contre l'envie de m'endormir dans l'Adriatique qui me prenait dans ses bras.

Orphée devant la mer calme, pareille à un lac immobile béni par la montagne, chantait. C'était une voix pure qui, au petit matin, ressuscitait ce que la nuit avait défait. Les rêves et les cauchemars soudainement accordés par sa musique. Les eaux étaient calmes, d'un bleu inquiétant. À l'aube, elles laissaient apparaître la roche puissante à laquelle s'accrochaient depuis des siècles les oursins inertes. Tout à sa place, tel qu'ordonné par un poète des premiers âges.

Orphée se levait en même temps que le jour, quittait la maison, traversait le village jusqu'à la jetée, là où l'éternité l'attendait. Je le suivais car, moi aussi, je voulais comprendre l'aurore que célébrait le chant de mon frère. Cet instant d'avant tous les possibles, cet instant incertain, transitoire. Cet instant après la nuit. Un rêve qui se meurt.

Ce soir-là, ma mère n'avait pas envie de danser. Elle était assise à l'une des tables du café, et fumait cigarette sur cigarette. Anouk s'est approchée, a posé une main sur son épaule avant de me regarder, l'air désolé. Ma mère suivait les mouvements de mon frère qui jouait au foot avec les gamins de l'île. Orphée riait à gorge déployée, heureux, enfin, d'être le temps d'un match comme les autres. Il courait comme un fou, cherchant de la pointe du pied la balle, retirait son tee-shirt lorsque son camp marquait. Il criait comme les autres. Et ma mère s'éteignait. Crachait une fumée épaisse. Se tordait nerveusement les doigts.

– Qu'est-ce que tu as ? lui ai-je demandé.

Elle s'est redressée, comme pour gagner un peu de dignité.

– Tu vois, il n'a pas besoin de moi, a-t-elle lâché.

Et c'était vrai. Orphée n'avait pas besoin d'elle, là maintenant. Il était insouciant, un individu total, enfant de l'île. Ma mère, elle, se sentait dépossédée et le triomphe de ce fils qu'elle chérissait avidement ne faisait que lui rappeler sa solitude. Elle fumait et le nuage autour d'elle grossissait. Et dans cette brume, qu'elle seule créait, son visage disparaissait.

– La nuit change. Les étoiles ne sont pas à leur place.

Elle s'est levée.

– Et la lune... La lune est à l'envers.

Je me suis précipité dans ses bras. Je voulais la retenir de partir trop loin. Pas là, pas maintenant.

– Non, Maman... Tout est comme avant.

Aleksandar est apparu avec sa guitare. Ce n'était pas un hasard, ce fin observateur avait dû sentir la détresse de cette femme qui ne reconnaissait plus la nuit. Ma mère, ma mère de cristal. Dans mes bras, je tenais toute sa fragilité. Je sentais le poids de ce qu'une seconde retient comme possibles. Ma mère pourrait s'effondrer, elle pourrait tout aussi bien danser. Il y avait cet air de guitare qui suspendait les fils de ses bras et de ses jambes, de sa nuque et de son buste. Elle était accrochée à moi, poupée attendant que se décide le marionnettiste. Lentement, elle s'est ensuite dégagée et m'a foudroyé de ses yeux de dragon. La sorcière a posé son front contre le mien. Entre nos deux visages, je me figurais un gouffre immense, tout l'air qui nous empêchait de nous rejoindre. J'imaginais deux continents mouvants, qu'une force ancienne précipitait l'un vers l'autre. Son front a frappé le mien. C'est la violence du choc qui m'a fait comprendre combien nous étions dépendants d'elle. Ma mère nous rappelait à elle. Sa vie, c'était la nôtre. L'univers, tel que nous le connaissions, c'était à elle que nous le devions. Sans notre mère, nous ne reconnaîtrions plus rien. L'île, en cela, était l'incarnation parfaite de ce qu'elle nous avait appris des choses et des autres : elle était le danger, l'impérieux désir de toucher du doigt le merveilleux qui se cache au fond d'un rêve.

Il y avait cet air de guitare et le front de ma mère qui creusait le mien. Elle fermait les yeux et souriait, dansant légèrement, comme à contrecœur, envoûtée par cet air occulte joué par l'homme qui parlait aux morts. L'homme qui soignait les vivants. Elle roulait des épaules, tanguait, enroulait ses doigts dans les miens et, peu à peu, nous glissions dans la mélodie d'Aleksandar.

– C'est avec lui que tu devrais danser comme ça, lui ai-je glissé à l'oreille.

Bérénice, la sorcière Bérénice qui ne demandait qu'à être aimée, a ouvert les yeux et, des profondeurs, quelque chose m'a pétrifié. La folle certitude de ceux qui croient avoir frôlé la vérité.

– Il me faut un poème. Orphée doit me faire le sujet de son poème. Les vers résistent à tout, au temps, et même à la mer. Un poème, oui... Je serai toujours auprès de vous et vous, auprès de moi. Pour l'éternité.

Les îliens avaient une tradition étrange. Et dangereuse. Une fois adultes, les enfants qui l'avaient bravée la perpétuaient.

– Simplement, il faut avoir dix ans, au moins, rappelait Aleksandar. Il faut avoir dix ans et un grand courage.

L'île, disait-il toujours, ne se donne aux hommes que la nuit. La dernière nuit de juillet, la nuit la plus noire de l'été, « la nuit d'encre, la nuit des oursins ». Il en parlait avec gravité.

– C'est une expérience qui vous métamorphose, vous n'êtes ni homme, ni bête, ni ange. Le sort vous réserve un seul des deux statuts possibles : vous êtes celui qui chasse, ou bien celui qui est chassé.

Chaque été, les îliens s'adonnaient à une chasse à l'homme. Jusqu'ici, ma mère n'avait jamais voulu que nous y participions. Mais elle glissait dans la douce folie de Sjena.

– Et pourquoi pas ? Orphée, qu'en dis-tu ?

Anouk, qui servait le thé du soir, a interrompu son geste. L'eau de la théière, elle, continuait à couler, et il m'a semblé voir la lutte de deux mouvements - la main d'une femme qui, immobile, voulait suspendre le temps, et le thé que, trop tard, elle versait déjà. Trop tard, oui, car ma mère avait planté l'idée dans la tête d'Orphée.

– Oui, j'aimerais bien, a-t-il répondu.

– Magnifique ! s'est exclamée ma mère. Anouk, tu m'en sers un peu ?

Je connaissais suffisamment bien ma mère pour savoir qu'elle avait immédiatement remarqué la désapprobation de son amie. Derrière l'innocente question se cachait un défi : Anouk se rangerait-elle, comme toujours, aux côtés de ma mère ou existait-il une faille dans leur amitié ? Alors ? Anouk se rangerait-elle derrière l'idée d'envoyer Orphée, seul, dans le noir ? Aleksandar, vieux loup sur le qui-vive, s'était placé derrière Anouk et posait les mains sur ses épaules pour l'empêcher de tomber. Qu'elle ne fléchisse pas face à ma mère qui, le regard fier, la mettait à l'épreuve. Orphée, muet, s'était perdu dans la contemplation du soir. J'étais au milieu, indécis, tiraillé entre l'envie instinctive de défendre ma mère et celle de rejoindre les frondeurs. Ma mère s'est levée, le menton offert à ses vassaux qui, en l'espace d'un instant, avaient choisi de ne plus la suivre.

– Alors, je peux avoir du thé ?

Le monde entier attendait la réponse d'Anouk. Les arbres se taisaient, la brise montait, un vautour fauve traçait à l'encre invisible la danse de ses ailes dans un ciel mourant, et les eaux frémissaient dans le port - tous suspendus à la réponse d'Anouk.

– Anouk ? J'aimerais du thé.

Une syllabe seule, et cette mise en garde :

– Non.

Ma mère ne cillait pas, rigide sur la terrasse de la petite maison bleue, la seule maison bleue de l'île. Le soleil a disparu tout à fait et la mer s'est étendue à l'infini, avant d'avaler l'horizon.

– Orphée ira dans la nuit, Anouk. Et ce sera son épreuve.

J'ai pris mon petit frère par la main.

– Viens, on s'en va.

Nous n'avions pas à être là. Cette dispute n'était pas la nôtre, nous ne devions pas l'entendre. Ce qui se jouait appartenait aux adultes. Ma mère, particulièrement fragilisée, risquait de prendre Orphée à témoin, d'exiger de lui une loyauté totale. Le piège se refermerait, il ne pourrait plus s'échapper. Je voulais qu'il ait le choix et que, pour une fois, il ne devienne pas la sentinelle du cœur de ma mère.

Nous remontions la pente jusqu'à la maison des ancêtres. Orphée scrutait le ciel comme il aimait le faire, vérifiant chaque constellation et dessinant du bout du doigt ces routes anciennes qui lient les étoiles entre elles. Persée, Scorpion, Andromède, Cassiopée... Il récitait une prière informe, la langue obscure des premiers contemplateurs.

– Suis-moi, Pierre.

J'apercevais au loin pousser le clocher de l'église suspendue sur son piton rocheux. De ses vitraux émanait une lumière tremblante, elle éclairait les pierres disjointes de cette bâtisse sèche et minée par les vents marins. La porte était entrouverte et nous avons cheminé jusqu'au chœur déchiré de l'église, face à ce qui nous semblait trop grand pour être une simple nuit.

Orphée était attiré par ce qui demeure, le vivant qui s'était tout à coup cristallisé, résistant aux heures. Rien n'était plus beau pour lui qu'une bougie qui danse. La cire fond, bien sûr, mais à l'origine de la flamme, devait-il se dire, se cache une prière immuable. Mon frère ne supportait pas de voir des cierges inertes et des mèches éteintes. Un tel spectacle le faisait pleurer. Il était, devant ces bougies alignées, vivantes et mortes, un jeune dieu en adoration face à une rangée de destins. Toujours, il veillait à ce que le feu brûle.

– Là, dans le crépuscule, cet espace entre la bougie et l'ombre la plus totale, c'est là que je suis. Là où la nuit et le jour s'affrontent, c'est là que je vis, m'a-t-il dit dans le silence de l'église.

En petit poète qu'il était, il chantait les murmures de ceux venus déposer un vœu secret. Gardien du cœur des autres, il désirait la guérison d'un être cher, implorait le repos éternel d'un disparu, souhaitait la bienvenue au nouveau-né. Si elles n'étaient pas désespérées, ses prières étaient toujours inquiètes.

– Avec Maman, nous regardons la vie de ceux qui allument des bougies. Nous les rencontrons dans nos rêves.

Brutalement saisi par la peur de le perdre, je l'ai pris dans mes bras.

– Ne pars pas trop loin.

Peut-on suivre quelqu'un jusque dans sa folie ? Sans doute, oui, si on l'aime beaucoup. Orphée ne laisserait pas ma mère s'enfoncer seule, elle qui vivait à l'envers, elle qui connaissait déjà son destin, qui cherchait à vivre la dernière scène de sa vie. Ce point noir peint sur le bleu des eaux, ce motif obsessionnel qu'elle gravait sur ses tableaux... Ma mère entraînait Orphée dans des contrées qui, chez elle, étaient grises et que lui seul savait colorier. Lui, l'enfant sombre et pourtant détenteur d'une telle lumière... Ma mère l'aspirait dans un monde qui avait fini par voir ses frontières anéanties. Plus elle disparaissait ici, plus il la cherchait là-bas.

Nous attendions. Alignés à la lisière du petit bois que le vent fouettait, nous attendions que le plus âgé des hommes choisisse qui de nous serait la proie. Je sentais l'épaisseur des arbres qui, cette nuit, seraient nos protecteurs, de grandes ombres derrière lesquelles nous pourrions nous cacher. Devant moi, la pente, la longue pente jusqu'au port et jusqu'aux eaux bleues. Nous étions, c'était certain, entre deux mondes. Le jour face à nous, le sombre silence dans notre dos.

– Quand sonnera le glas, vous ne serez plus des hommes, a tonné Aleksandar. Laissez ce que vous êtes ici, et avancez. Avancez, nus, dans la nuit.

Les gamins de l'île étaient tous présents, fiers comme de superbes guerriers. Il y avait aussi quelques-uns des pêcheurs, la vieille femme de la corde à linge, l'épicier et ma mère. Mais à mesure que le jour déclinait, les traits de chacun m'échappaient. Était-ce la faible lumière ? Non, il y avait autre chose. La métamorphose prédite par Aleksandar avait commencé.

Le gardien des morts portait dans ses bras une peau de bête. Au vu de sa taille, l'animal avait dû être abattu fort jeune. Le poil n'était pas bien épais, d'un noble roux tacheté de blanc. La tête, celle d'un faon, pendait, inerte, et je pensais à ses derniers instants. La course ultime d'un animal dont la peur avait figé l'expression pour toujours. Le bruit mat de la balle qui lui avait transpercé le poitrail et le dernier sanglot qui avait troué sa gorge. Ses yeux, de grosses billes noires, ne disaient plus rien. Nous observions avec gravité cette enveloppe de chair, tiraillés entre l'horreur de voir mis à mort le plus petit d'entre nous, et la réalité de notre condition : le faon était, après tout, la proie.

Le plus vieil homme de Sjena, qui avait suffisamment patienté comme cela, s'est approché. Cet être aux yeux caves et au visage creusé par de profondes rides paraissait fait d'écorce. Les paupières mi-closes et la bouche entrouverte, il scrutait l'assemblée, à la recherche de celui qui, cette nuit, serait revêtu de la peau de faon. Le vieillard aveugle s'est péniblement avancé vers le petit Américain qui avait déjà affronté les anguilles. À la manière qu'il avait de trembler, je n'avais aucun doute : ce garçon ne tiendrait pas une heure. L'homme a posé ses mains noueuses sur les frêles épaules du gamin qui, immobile, n'a pas cherché à se débattre.

– *Biće tebe*, a articulé le vieil homme.

C'était lui que nous chasserions.

Chose étrange, il me semblait que j'étais le seul à questionner un tel choix. Les hommes, tout autour, se préparaient. Les mots d'Aleksandar résonnaient en moi : « Ce n'est qu'un jeu de cache-cache. » Peut-être. Mais la nuit, ce qu'un enfant voit dans le noir existe.

Le petit Américain devrait faire face à des monstres : les siens, d'abord, et nous autres qui, pourtant hommes comme lui, le traquerions. Le vieillard a fait signe à Aleksandar de s'approcher et de déposer la peau de l'animal sur le dos de l'enfant. Le petit Américain se tenait droit afin que, tous, nous mesurions sa bravoure. Son cou, si pâle, laissait apparaître une eine bleue. Elle battait, elle battait fort. Fier, le menton levé, le gosse se transformait. C'était un conquérant. Il se mordait les lèvres, je le voyais. Il se mordait les lèvres pour tuer la peur.

Ma mère observait Orphée. Lui, fixait le sol. Il la sentait. Il savait.

– Ne la regarde pas, ai-je murmuré.

Bérénice n'était pas d'accord. Ce n'était pas au petit Américain d'affronter la nuit.

– Ne la regarde pas, je t'en supplie, ai-je insisté.

Elle était là, tout près. Bérénice le mettait au défi. Orphée le comprenait et devait faire un choix. Le risque était toujours le même : celui de décevoir Bérénice. Lentement, elle a contourné la rangée que nous formions et s'est dressée derrière mon frère. Orphée tremblait quand, délicatement, ma mère a posé sa main sur son épaule.

– Non, Orphée...

Mon frère s'est avancé jusqu'au petit Américain. L'enfant a résisté avant de lui céder la peau de bête. L'homme fait d'écorce n'a rien vu et Aleksandar n'a rien dit. J'assistais, impuissant, au sacrifice de mon frère.

– Et maintenant, a murmuré Bérénice, protège-le.

Quand a sonné le glas, Orphée disparaissait dans le bois.

Je courais, ne me souvenant pas de l'instant où j'avais décidé de courir. Il y avait eu un mouvement général, des corps, non, des jambes et des bras, qui se sont mis en branle, et des cris féroces. Par mimétisme, j'ai suivi et, bientôt, me suis retrouvé seul dans de hautes herbes sèches qui me piquaient la peau. Je courais sans but, il fallait courir, c'est tout, se déplacer, agir.

Agir brutalement, sans réfléchir, en attendant de détecter une piste. Je fendais une plaine sauvage et mon cœur déchaînait le tonnerre contre mes côtes. Le tintement de la cloche dans les oreilles et la gifle du vent sur la joue. Un battement d'aile dans les branches et un sifflement dans la broussaille. La rumeur de la nuit grondait, tout était menaçant. J'étais un chasseur, pourtant, et ne portais sur mon dos aucune autre peau que la mienne, éraflée par ce que, dans ma course, j'avais combattu. Chose étrange, je courais comme si j'étais celui que l'on traquait. Une idée me poussait à fuir : puisque nous osions chasser notre propre espèce, il n'y avait aucune raison que l'un d'entre nous ne soit pas tenté de se trouver une nouvelle proie.

Je me sentais observé. La pénombre, désormais, laissait apparaître quelques silhouettes, celles des jeunes arbres brûlés par l'été et que la lune, haute à cet instant, venait bleuir. La tête renversée, je fixais ce grand œil pâle et tendais le doigt pour le crever. Je me figurais le trou dans la poitrine du faon que, de mon index, j'aurais voulu toucher. Je pensais à Orphée. Puis à ma mère qui, d'un simple geste, l'avait convaincu de prendre la place d'un autre.

– Orphée ira dans la nuit.

Des bruits de lutte. J'entendais un gémissement. C'était à quelques mètres, je n'étais plus très loin. Je rampais, la peau attaquée par les orties et la bouche dans la terre. Un râle, puis des coups et une longue plainte. Deux garçons se battaient à mains nues. Dans la pénombre, je ne distinguais que leurs ombres et la brutalité d'un corps qui cherche à anéantir l'autre. Leur hargne viscérale m'excitait. Moi aussi, je voulais me battre à mort. La violence montait, je grognais. J'entendais l'un des combattants déglutir, sa gorge écrasée par de puissantes mains, je me figurais mon corps au-dessus du sien, mes doigts creusant sa trachée.

– Arrête !

Mon corps me trompait.

– Arrête !

Mes phalanges autour de son cou. Je l'étranglais. Elle bavait.

– Arr...

J'étouffais Bérénice. Je me suis dégagé. Il n'y avait qu'elle et moi. Elle crachait, elle toussait, balançait la tête en arrière, la bouche grande ouverte, hurlant comme un nouveau-né qui respirait pour la première fois. Elle pleurait, elle riait. Bérénice m'avait suivi.

– Tu vois, tu es comme eux.

J'ai fui.

Rien n'était jamais laissé au hasard avec ma mère. Puisque l'éducation de ses fils passait par l'expérience des choses, elle avait laissé Orphée participer à cette chasse, elle lui avait tendu la pomme accrochée à ses crocs de vipère. C'était un enseignement qu'elle lui livrait. Tout ce qui se passerait cette nuit lui servirait à illustrer un propos, une grande leçon que je devinais déjà : l'idée que, sans ma mère, Orphée n'était rien. Car, ce soir, elle s'était mise en retrait et mon frère était seul, face au danger. Moi aussi je tombais dans son piège, et ma mère devait jubiler en me pointant du doigt : tu vois, même ton grand frère, celui que j'ai mis au monde pour te protéger, s'est mué en chasseur. Je l'ai poursuivi, mon petit frère, je l'ai traqué comme les autres. Quand a sonné la cloche, je me suis métamorphosé en animal.

Révolté, j'ai fait demi-tour et j'ai couru jusqu'au port, espérant y trouver un adulte encore doué de raison qui accepterait de sonner la fin de cet ignoble jeu. Anouk s'était enfermée, refusant d'y assister. La place était vide et les lampadaires éteints. Au loin, j'entendais des gémissements étranges. Les hommes hurlaient comme des loups.

Il me fallait trouver Orphée. L'île, que je croyais protectrice, m'apparaissait on ne peut plus menaçante. Elle avait l'air si calme, n'est-ce pas, si tranquille, Ithaque flottant sur ces eaux millénaires. Reine imperturbable. Reine endormie. La colère me prenait à la gorge. Reine endormie ou Léviathan déguisé qui, patiemment, avale les naufragés, les mâche, les digère, se repaît des vies de ces âmes perdues qui viennent depuis toujours trouver la paix en ces lieux. Ma mère était peut-être l'un d'eux. Mais pas Orphée. Car j'allais le sauver.

De nouveau, j'ai levé la tête et j'ai fixé la pupille de la nuit, plein d'audace.

– Tu ne m'impressionnes pas !

J'aurais voulu que la lune me réponde, que le ciel entier se moque de mon arrogance. Au silence des astres répondait celui de Sjena. J'ai couru jusqu'à la pente, traversé le village et suivi la route jusqu'à la plage du Calvaire. Du coin de l'œil, je sentais une ombre me poursuivre. Je pénétrais la pénombre et mon cri me précédait. J'avais les yeux dans les oreilles, les oreilles dans mes paumes. Accroupi sur la plage comme un chien, je sentais les épines de pin s'enfoncer dans ma peau. Derrière moi, la présence s'approchait.

– Va-t'en !

Je tournais le dos au danger. À genoux, je hurlais.

– Tu ne m'auras pas ! Je ne te regarderai pas !

Elle frôlait ma nuque, son souffle dans mes cheveux voulait me murmurer un secret.

– Tais-toi !

Je suis tombé en arrière. Les yeux fermés, j'ai écouté un pas écraser le lit de cailloux sur lequel je reposais. Puis, une voix de femme.

– Et maintenant, suis-le.

Je n'ai pas bougé.

– Sauve Orphée.

Quand j'ai rouvert les yeux, le ciel m'a explosé au visage. J'étais un amas de chair qui avait traversé le temps, connu le chaos et l'ordre que dessinaient les astres et qui me bénissaient comme ils avaient béni le premier des hommes. Je comprenais intimement l'intranquillité des forces qui, là-haut et tout autour, entraient en collision. Je comprenais la violence des hommes qu'au loin, j'entendais mugir. Je comprenais la douceur de ma mère quand ses démons se tenaient loin. Je comprenais tout, de la plus petite inquiétude au plus grand tourment. J'étais homme, arbre, fourmi, poisson. J'étais Orphée. J'étais, au cœur des ténèbres, un monde. Je me suis endormi.

Au petit matin, tout était neuf. Je me suis levé et j'ai ôté les coquillages qui s'étaient accrochés à ma peau, ces dizaines de petites morsures qui, au contact du sel de la mer, m'ont arraché une plainte. Je suis sorti de l'eau, abattu par mon échec. Je n'avais pas trouvé Orphée.

Alors que je m'engageais sur le chemin qui menait jusqu'au village, j'ai remarqué des empreintes sur le sol. Des traces de sang et, tout autour, des éclats de verre. Un piège, sans doute, conçu par l'un des chasseurs. J'ai suivi la piste rouge, elle m'a guidé jusqu'au seuil de l'une des maisons abandonnées de Sjena. Une cabane mangée par une végétation disgracieuse. À l'intérieur, Orphée dormait. Dans la pénombre, je ne distinguais rien d'autre que ses jambes recroquevillées contre son buste fragile. Je voyais qu'il reposait contre quelque chose.

Je me suis avancé, tout à fait conscient que nous n'étions pas seuls. Une odeur m'a saisi, celle d'une haleine tiède. L'haleine d'une bête.

– Orphée, ai-je murmuré. Réveille-toi.

La tête de l'animal a pivoté et m'a fixé. Deux grosses billes noires. Le front d'Orphée reposait contre le petit faon. La bête a écarté ses narines et a longuement soufflé. Elle s'est levée et a contourné le corps d'Orphée. Elle m'ignorait. Et tandis que j'observais les frêles pattes du faon, sa crainte maîtrisée, la grâce avec laquelle il se mouvait dans l'air, je ne pouvais m'empêcher de l'aimer comme un frère. Lentement, le faon s'est penché et a léché les pieds ensanglantés d'Orphée.

Ma mère, au fond, avait raison. Ce que mon frère a vécu cette nuit-là, poursuivi par des fous, lui sauverait la vie. Depuis, il dégageait une absolue tranquillité, une confiance en sa disposition à affronter le monde. Sa timidité n'était plus si grande, sa discrétion non plus. Il s'ouvrait aux autres sans jamais cacher ce qu'il avait de plus mystérieux. Et quand les garçons de l'île se moquaient de son étrangeté, lui haussait les épaules et souriait simplement. Sans même s'en rendre compte, on le regardait, on le suivait, on l'écoutait. Bien que taquins, les gamins le laissaient décider de tout. Orphée inventait des jeux et distribuait les rôles. Et nous obéissions, enchantés par son imagination débordante.

Plus il grandissait, et plus ma mère dépérissait. Je résistais à ses tentatives de me séparer de mon frère. Et, en un sens, je sentais qu'elle résistait elle aussi à son désir de le garder rien que pour elle.

– Il est magnifique, murmurait-elle. Il est magnifique...

Une grande fatigue dans la voix.

Elle s'enfermait de plus en plus dans son atelier, reproduisant le même motif encore et encore. Orphée était loin. Moi, j'étais là, à l'écouter.

– Je me souviens d'une femme...

Ma mère peignait pour ordonner un souvenir confus, face à la toile dont elle ne supportait pas le blanc.

– Je me souviens d'une femme perdue dans le bleu...

Une litanie peut-elle devenir un tableau ?

– Je me souviens d'une femme perdue dans le bleu, fondue dans l'horizon...

La litanie est une prière de femme, me disais-je. Il n'y a que ce timbre pour percer le mur du ciel. Le timbre de ma mère surtout. C'est qu'elle n'avançait pas seule. Elle ne parlait pas seule. Avant de peindre, elle fermait les yeux et convoquait les disparus, ces êtres gris qui vivaient dans les cadres du salon et que j'ai tant observés. Je n'y voyais que des êtres de papier, à l'inverse d'Orphée. Moi, je n'avais aucune imagination. Je les maudissais, convaincu que la folie de ma mère était une hideuse chose transmise de génération en génération.

Ma mère scrutait la toile et j'entendais ses soupirs exaspérés. La femme qui se perdait dans le bleu lui arrachait de lourdes larmes. Des larmes d'acier. Elle s'acharnait à dessiner un souvenir qui se refusait à elle. Alors, ma mère chargeait la toile, parfois jusqu'à la crever. Ce matin-là, la toile ne suffisait plus. Ma mère s'était déshabillée et enduite de peinture. Elle s'était creusé le corps en espérant que l'huile mélangée à l'eau révélerait ce qui se cachait.

– Chaque cavité contient notre histoire, répétait-elle.

La femme qui s'est perdue dans le bleu lui collait à la peau.

Voir ma mère souffrir ainsi me rendait plus indulgent. Je l'aimais. Je l'aimais de nous aimer si mal. La nuit, elle ne quittait plus sa chambre, nous laissant, Orphée et moi, prendre le relais. Il était obsédé par le poème qu'il devait composer. Ma mère, elle, attendait, léthargique, étendue sur son lit, les yeux accrochés au plafond. Pris dans l'envoûtante routine de l'île, je m'étonnais de moins en moins de faire les mêmes rêves que mon frère. Je n'y voyais aucun inconvénient et, bien que conscient de l'étrangeté de ce phénomène, je trouvais toujours un moyen de l'expliquer raisonnablement.

– Tu ne trouves pas ça incroyable ? s'excitait Orphée. Tu ne trouves pas ça incroyable de visiter mes rêves ?

Je calmais immédiatement son enthousiasme.

– C'est parce que nous parlons, pensons, mangeons, vivons les mêmes choses, Orphée. C'est logique.

Il souriait, et il avait bien raison car il n'y avait rien de logique. L'église nous attendait.

La flamme des cierges ployait sous la brise qui s'engouffrait dans chacune des fissures de la pierre. Tant de fois, j'ai imaginé la bâtisse jaillir de la terre dans un grondement magnifique. Terrible miracle, le fracas de quelque chose qui naît et puis, le calme reposant de ce qui est.

Nous nous sommes endormis sur les bancs déserts de l'église. Une présence nous attendait patiemment de l'autre côté. Le fantôme que connaissait Orphée. Le spectre d'argent qui, depuis l'origine, lui chuchotait son existence. Un rêve ne se visite pas comme ça. Orphée, qui comprenait la langue des fantômes, était empêché par sa condition. Notre guide devait appartenir à l'autre monde. Orphée apprenait son langage, apprenait à l'écouter. J'estimais, quant à moi, que ces rêves matérialisaient ses inquiétudes les plus profondes : la violence des hommes, la perte de ceux qu'il aimait et la brutalité du réel qui l'attendait une fois l'île quittée, le réel qui, sans ma mère, lui serait insupportable. Ces rêves, c'était sa vie intérieure. Et tout tournait autour de Bérénice.

La nuit, j'empêchais désormais Orphée de rejoindre ma mère. Nous nous cachions dans l'armoire et observions à travers la fente des battants en bois Bérénice, hagarde, retournant le lit et fouillant les draps. Orphée plongeait son visage dans mon cou. Son petit corps contre le mien, je l'enveloppais de mes bras et nous transpirions, nous suffoquions, pris au piège. Je passais mes doigts dans ses boucles, je le berçais très légèrement, le regard toujours rivé sur ma mère qui grognait. Pleurait. S'allongeait dans le lit d'Orphée, désespérée de devoir affronter ses monstres seule.

Peu à peu, elle s'est éloignée de nous. Elle nous évitait, se réfugiait chez Anouk ou dans la mer. Orphée déclinait, malade de la laisser dériver ainsi, mais incapable, désormais, de la suivre dans sa folie. Aux heures d'inquiétude, celles durant lesquelles elle s'absentait, succédaient des jours d'insouciance et le sentiment d'avoir retrouvé un paradis perdu. Orphée m'accompagnait dans mes expéditions, mes grandes explorations de l'île. Je nageais avec lui jusqu'à la dépouille d'une torpille dormant au fond de l'eau. Elle pouvait contenir un homme, même deux.

Nous nous disions qu'elle exploserait peut-être un jour. Nous nagions autour d'elle, la courtisions, nous figurant la puissance de sa détonation. La mer en feu. Quand je flairais chez Orphée l'envie d'aller trouver Bérénice, je le prenais dans mes bras.

– Tiens-toi loin. Juste un temps, s'il te plaît, tiens-toi loin.

Il était d'accord, mais à une condition.

– Rêve avec moi, Pierre. Crois-moi quand je te dis qu'on peut rêver ensemble, et la sauver.

J'acceptais de jouer le jeu. Être cru : voilà ce qui le consolait. Que son grand frère, qui n'avait pourtant plus l'âge de rêver, accepte de l'accompagner. Alors, chaque nuit, nous nous endormions dans l'église avec un goût d'encens dans la bouche. L'église d'Orphée, la seule entrée sur un autre monde.

Nous suivons un fantôme. La plage de cailloux, habituellement silencieuse, crépite. Les galets et les coquillages remuent, écrasés par d'invisibles foulées. Le bruit de leur collision, un son sec, rocailleux, bat dans nos gorges. Orphée avance sans crainte. Un parfum s'engouffre dans mes narines, une odeur d'encens, de ce qui n'est ni vivant ni tout à fait mort. Je suis glacé, une peur primitive me tord le ventre. Yeux fermés et poings serrés, j'attends le danger.

Orphée tend la main vers une silhouette informe, tirant ses couleurs de la lune. Sans la toucher, je devine sa douceur de soie. « Elle va nous guider », chuchote Orphée.

Je cède à l'envie d'aller plus loin. De ne pas me réveiller, pas tout de suite. La présence s'approche d'Orphée, effleure ses lèvres, murmure. Un sombre soupir, profond, long : « Silence. »

Nous nous taisons, abasourdis par la beauté de ce fantôme venu des songes d'Orphée et dont l'apparence se révèle peu à peu. Il nous apparaît sous la forme diffuse d'une robe blanche. Délicate, elle ondoie autour de nous à la manière d'une fleur transportée par le vent. À la fois furieuse et régulière, sa danse fait renaître en moi une étrange sensation : je demeure. J'existe, je suis nu. Je n'ai pas de nom, pas de famille, pas de passé, je n'ai pas de corps. Je suis hors de tout et absolument présent. Je suis ici. Ma vie, son épaisseur, ses limites, tout ce que j'ai connu est dérisoire.

À mi-chemin entre mon monde et celui du fantôme qui danse avec Orphée, je suis désincarné mais vivant. Je comprends avec terreur qu'en embrassant le spectre, mon frère est allé plus loin que moi. Orphée disparaît dans la soie blanche, je le regarde s'éloigner. Son fantôme virevolte et, derrière lui, pétille une traînée de poudre semblable à de la neige. Je tends la main, fais glisser ces grains de lumière entre mes doigts. « Silence », susurre-t-elle. En la regardant, une pensée me frappe. Une mise en garde, plutôt : méfie-toi du magnifique. La valse du fantôme nous berce jusqu'au réveil. Et ses derniers mots résonnent encore : « Bérénice attend le poème d'un fils. »

†

Quand je me suis réveillé dans l'église, Orphée dormait encore. Je l'ai secoué, je l'ai giflé, je l'ai transporté sur mon dos pour l'éloigner de cet endroit damné. Enfin, il a ouvert les yeux.

– Tu as vu la même chose que moi ?

Il était dans un tel état de surexcitation pendant que, moi, la peur me tordait le ventre. J'avais envie de vomir. Était-on capable de rêver la même chose ? Une fois, d'accord. Mais deux ? Je l'ai violemment repoussé.

– Maman et toi, vous êtes contagieux ! Vous êtes un poison !

Orphée pleurait.

– Tu m'as dit que tu viendrais avec moi... J'ai besoin de toi. Tu comprends, Pierre, écrire ce poème pour Maman, c'est la seule manière de la sauver.

Je m'apprêtais à le trahir.

– On ne construit rien avec des poèmes, Orphée. On ne sauve personne. Il faut se réveiller, là. Il faut arrêter avec tes délires !

Moi qui avais fait preuve de tant de patience à son égard, qui avais adoré entendre ses vers récités lors d'après-midi étouffants, le bruit du ventilateur en arrière-fond, à cet instant je reniais son pouvoir de conteur, ce qu'il avait de plus précieux, la seule chose qui lui garantissait l'éternelle présence de ma mère. Je lui coupais les cordes vocales. Je crachais sur l'offrande d'un poète.

– Pardon, Orphée...

Dans mes bras, mon petit frère me parlait de notre rêve.

Souvent, je m'interrogeais sur notre disposition à créer des espaces infinis, inertes sur un banc dur et froid, fait du plus humble des bois. Dans cette modeste église, nous franchissions des rivages interdits. Orphée, fidèle à ces rendez-vous nocturnes, m'ensorcelait et je me disais parfois qu'il n'était pas de ce monde. Cet enfant était le protecteur d'une grande idée : il suffisait de fermer les yeux pour créer une brèche dans le temps.

Quant à moi, je quittais peu à peu l'âge requis pour y parvenir. Mais je croyais en les yeux de bleu et d'or de mon frère. En sa faculté de penser que nous pouvions encore protéger notre mère qui, à mesure que les jours passaient, s'évanouissait et disparaissait en elle-même. Quand elle n'était pas dans sa chambre à dormir, à piétiner, à pleurer, elle sortait avec Anouk, dans le port. Et divaguait. Son amie fidèle restait à ses côtés et la soutenait comme l'on supporte les malades. Ma mère fumait de plus en plus et s'enfonçait dans des réflexions obscures.

– Les sirènes sont les vagues d'une mer calme, et pour découvrir leur royaume, les hommes doivent suivre le jet de lumière qui transperce les eaux depuis le ciel.

Anouk a levé les yeux au ciel.

– Qu'est-ce que tu racontes encore, Bérénice ?

Ma mère, en cet instant, était déjà loin.

– Ici, on nage avec les sirènes, celles qui entraînent en haute mer, qui font oublier que le corps s'épuise, que les bras sont lourds, que les jambes se figent, qu'il n'y a plus que le cœur qui bat, qui frappe les côtes en attendant d'éclater, et tandis que l'on se précipite vers le danger. Les sirènes qui font croire que l'on nage comme elles et qui, par leur chant, bercent jusqu'à la mort. Les sirènes qui nous embrassent alors que l'on expire une dernière fois en riant, fous. L'ivresse des profondeurs ou l'ivresse de l'horizon qui nous persuade que nous arrivons bientôt, que l'on nage quelque part.

Elle parlait de ce point noir qu'elle peignait sur les eaux bleues. Mais en fait Bérénice ne nous parlait plus vraiment dans ces moments-là. Elle était ailleurs. Quand, en revanche, au détour d'un regard, l'un de nous la croisait, elle cachait son visage ; nous étions indignes d'être ses fils. Nous l'abandonnions, semblait-elle dire. Nous l'abandonnions à ses démons.

Tant que nous restions ensemble, tant que nous partagions nos rêves, Orphée ne risquait rien.

Tout est fait d'eau, les formes et les couleurs sont liquides. Mais rien ne déborde. Je connais les lieux, nous sommes à Sjena, notre île engloutie dans un rêve. L'idée d'être l'habitant d'un songe me plaît. Orphée suit son fantôme qui devient aussi le mien. Nous progressons le long d'une route gelée qui craque sous nos pieds nus. Nous n'avons pas froid. Notre corps est engourdi de chaleur et notre cœur, lui, se tient à l'affût. Notre trouble est aigu : la peur, l'effervescence, la hâte de découvrir ce territoire éphémère nous portent.

Une maison enracinée se dresse. Inaltérable. Je ne la reconnais pas. « C'est l'une des maisons abandonnées », dit Orphée. Dans le monde éveillé, la bâtisse est morte. Ici, et cela me la rend plus inquiétante encore, elle ne connaît aucun bouleversement. Orphée suit toujours le fantôme d'argent, effleure la porte de cette demeure sans hésiter. Nous franchissons le seuil et découvrons une vaste pièce vide, traversée par un rayon de lumière bleue, la couleur d'un soleil d'hiver. Une femme nous regarde, nous invite à nous approcher et à sortir de la pénombre. Notre avancée est pénible, nous sommes empêchés par les forces d'un courant contraire. Quelque chose nous retient, c'est un avertissement. Nous sommes libres d'avancer mais à condition de bien comprendre que rien de ce que nous allons découvrir ne sera doux.

« Êtes-vous certains d'être endormis ? »

C'est une voix sinistre, née de la bouche d'un monument. Je tombe à genoux devant cette femme, une femme colossale, qui vient d'apparaître. D'où vient-elle ? Comment supporter une beauté si imposante ?

« Êtes-vous certains d'être endormis ? » Sa question m'est destinée. « Oui. » Elle s'avance dans la lumière. « As-tu encore l'âge d'être ici et de venir jusqu'à moi ? Ou es-tu comme ceux qui ont grandi et qui m'ont oubliée ? » Je n'ose pas la regarder. « Moi, je ne les oublie pas. Ici, ils sont des souvenirs, des ombres qui errent dans le néant que les hommes ont créé. Ici, l'âme des enfants ne meurt pas. Je porte leur mémoire dans ce monde où c'est la nuit, toujours. Plus ils m'oublient, plus je sombre. Et bientôt, je deviendrai une ombre, comme eux. Alors, qui se souviendra de moi ? »

Nous parle-t-elle encore ? Orphée s'approche de la femme aux paupières lourdes. Il lui murmure quelque chose à l'oreille. Une brise froide me mord la nuque. « Orphée ? Il faut qu'on y aille. » Mon cœur frappe. « Mais, chers enfants, qu'êtes-vous venus chercher, ici ? » Sa voix est dissonante. « Nous voulons sauver notre mère », répond mon frère. Ma voix s'est éteinte. « Elle va disparaître et elle viendra ici. »

La femme ferme les yeux, comme pour chercher quelque chose à l'intérieur d'elle-même. « À quoi ressemblera-t-elle ?

– À une danseuse.

– Une danseuse ?

– C'est ainsi que vous la reconnaîtrez. Elle danse comme une reine.

– Une reine...

– Oui, c'est une reine qui danse. »

La femme quitte la lumière. « Il n'y a que les ombres qui dansent. Les reines ne vivent pas ici. Je ne l'ai pas vue. » Orphée veut la suivre. « Attendez ! » Je le saisis par le bras. « Orphée, n'y va pas ! » Un cri déchire les ténèbres.

– Pierre, elle ne va pas bien du tout.

Anouk sortait de la chambre de ma mère.

– Elle ne va pas bien du tout et vous lui faites croire que vous pouvez la sauver.

À la manière qu'elle avait de me regarder, je sentais qu'elle me considérait comme coupable.

– En encourageant Orphée dans ses délires, tu diminues ta mère, Pierre.

Nous avons marché en silence jusqu'au port où, déjà, femmes et hommes buvaient. Anouk s'est assise et a poussé un long soupir.

– Je l'aime, votre mère... Chaque été, je la vois souffrir un peu plus. Et cette fois, je crois qu'il ne faut pas chercher à la sauver.

Anouk a commandé un café, je buvais une limonade.

– Où est Orphée ? ai-je demandé.

– Il dort chez moi, a-t-elle balayé. Ah tiens, regarde, il arrive.

Depuis que nous rêvions, Orphée traversait de longues périodes de fatigue.

– Ça va ? lui ai-je demandé en le hissant sur mes genoux.

– Ça va… J'ai dormi. J'ai dormi et il ne s'est rien passé.

Plus tard dans la soirée, ma mère est venue. Anouk s'est empressée de la rejoindre, comme l'on s'empresse auprès de quelqu'un sur le point de partir.

– Oh, laisse-moi, enfin, tout va bien !

Je n'osais pas la regarder de trop près. Je savais… je savais…

Ma mère s'est engouffrée dans le café et a lancé la musique. Nous l'avons observée danser sur la place, tomber dans les bras d'un vieux marin, boire et tirer sur toutes les cigarettes qu'on lui présentait, hurler d'une joie pure. Orphée était si heureux. Il dansait avec elle. Je pleurais de les voir rire autant. Ce soir, je voulais vivre intensément cet instant suspendu. C'est ainsi que nous nous aimions, tous les trois : Orphée et son cœur de feu, ma mère ballerine et moi, spectateur enchanté par ce joli désordre, moi, le grand frère chargé de porter le souvenir. Car le jour déclinait.

Anouk s'est approchée.

– Pierre, tu es le seul qui est encore lucide. Quittez cette île. Partez là où vous ne serez pas tristes.

Je me suis tu.

– Pierre, quelque chose de grave va se passer.

Elle avait raison, je le savais. Les pupilles de ma mère grossissaient. Nos jours étaient comptés. Mais je voulais lui laisser, juste pour ce soir, les bras d'Orphée, leurs étreintes, leurs chants. C'était leur testament.

Je me suis toujours senti étranger dans les bras de ma mère, mais pas ce soir-là. Elle m'a surpris au bout de la jetée. Elle m'a enveloppé tout entier, a glissé son visage dans mon cou. C'était une tendresse que je ne lui connaissais pas mais qui, à cet instant, m'a paru naturelle. Si bien que j'étais convaincu de l'avoir volontairement attendue ici, sur cette dalle de pierre frappée par la mer agitée. Cette scène, je la connaissais. Je vivais un souvenir.

– On s'est déjà retrouvés, ici, mon grand garçon, n'est-ce pas ? a-t-elle murmuré. Tout nous a conduits jusqu'à cette île. Nous savons ce qui arrive.

Elle m'a paru résignée.

– C'est plus facile de l'accepter quand on est face au large, tu ne trouves pas ? Ce huitième continent mouvant, éphémère, qui n'a jamais connu de souverain.

Je lui ai demandé si la mer la consolait.

– Non... Non, je ne peux pas dire ça. Elle m'a tout pris.

Perça soudain tout son désespoir :

– Et puis, il m'a fallu vivre.

Tout était un combat, chez ma mère.

– Parfois, quand le ciel est trop lourd, je nage jusqu'à l'épuisement... Tu comprends, Pierre ? À la douleur du cœur, il vaut mieux celle du corps. On ne nage pas sans raison.

Nos regards se sont portés sur l'église d'Orphée.

– Comme j'aime son désir de ne pas la réparer.

Elle avait raison. Orphée aimait cette bâtisse et sa béance car il aimait les passages vers d'autres mondes.

– Il est comme moi. Quand c'est trop difficile, nous nous réfugions dans le fantasme.

Un grand sentiment de perte m'a déchiré soudain, je me suis retourné et j'ai plaqué mon visage sur sa poitrine.

– Il ne faut pas oublier de revenir, ai-je supplié.

Elle m'a serré dans ses bras.

– Pierre, un vrai voyage se fait sans l'idée du retour.

À l'évocation de leurs promenades dans l'autre monde avec Orphée, le vague dans les yeux de ma mère disparaissait.

– Si tu savais comme nous étions libres. Nous étions des danseurs et des musiciens, nous étions des poètes et des bouffons, nous étions des fées et des murmures. Nous rencontrions les disparus. Les gens que nous aimions, ou bien ceux que nous n'avons pas eu le temps d'aimer. Orphée chantait et ils accouraient.

Ce soir-là, il y avait deux lunes. L'éclat du phare, caché derrière la falaise de pierre blanche, diffusait la même lueur bleutée que l'astre, le vrai, déjà haut dans le ciel. Deux mondes entraient en collision. Orphée s'est endormi, la tête posée sur les genoux de ma mère. Tout était calme. Son profil, si bien dessiné, se détachait de la nuit. Le châle protégeait ses frêles épaules et ses mains, ses mains faites de cristal, ainsi cachées dans le tissu, lui donnaient l'air d'une enfant fragile. Ma mère était belle. Encore plus lorsqu'elle avait ce regard perdu, cet air doux qui estompait son visage. J'ai saisi l'une de ses mèches prise dans le vent et l'ai rangée derrière son oreille.

– Elle était là, a-t-elle chuchoté. La femme qui s'est perdue dans le bleu de la mer était près du phare. Elle a disparu. J'ai crié, tu sais, Pierre. Je lui ai dit de revenir, je lui ai dit de lever les yeux. Je suis là ! Au-dessus de toi ! Mais elle n'avait de cesse de fouiller l'obscurité des flots, épuisée... Déjà épuisée.

Ma mère, la belle endormie face aux eaux noires qui avalent.

– J'ai soif, a-t-elle murmuré. Je crois qu'une seule goutte contient mon âme entière.

Soudain, elle a eu l'air folle. Un bruit dans la nuit a crevé l'air, un grondement au-dessus des nuages.

– L'île est peuplée de monstres et de créatures bizarres, a soufflé ma mère. Ce que nous inventons le jour prend vie la nuit. Orphée le sait, et tu le sens. Par-delà les murs de chaque maison, quelque chose nous appelle. Vous aimez votre vie, telle qu'elle est ? Mais dormez, mes enfants. Dormez. Partez seuls dans la nuit ou bien suivez-moi.

Orphée gardait les paupières closes. Je tremblais. La maladie de ma mère parlait à travers son sourire... J'ai eu envie de tuer le monstre en elle - car n'était-ce pas elle, le monstre de l'île ? L'été durant, elle s'est faufilée hors de la maison, dans l'épaisse obscurité de Sjena et, prise d'une espèce de rage, d'une rébellion intérieure en ébullition, elle est partie à la recherche du danger.

– J'oublie que je suis un être de chair. Comment faire, sinon, pour écarter la peur ? a-t-elle poursuivi. Il faut quitter nos corps comme on se débarrasse d'un vêtement encombrant, et longer les plages sèches. Pieds nus, il faut gravir la côte rocheuse, il faut que la pierre cisaille notre peau. Il faut voir les yeux des chats sauvages. Tout est inquiétant, tout est admirable.

Orphée m'a réveillé.

– Je dois te montrer quelque chose.

La plage du Calvaire était déserte.

– Je l'ai suivie, a dit Orphée. Maman ne veut plus rentrer.

Elle était là, dans la mer, l'eau au niveau de la taille, les paumes caressant la surface.

– C'est ici que ça s'est passé, m'a dit Orphée. Regarde, là, Pierre, c'est ici qu'elle a tout perdu.

Lentement, je me suis approché, mes pas, lourds, ralentis par l'eau. La mer m'a paru plus dense encore, et si noire. J'ai eu le sentiment de m'enfoncer dans de l'encre, un courant froid a frappé mes jambes. J'ai été saisi par l'urgence de toucher ma mère. De lui prendre le bras.

Soudain, sous mes pieds, le vide. J'ai fait quelques brasses, avec précaution, pour ne pas réveiller quelque créature qui habiterait le lac. Ma mère disparaissait. Orphée, au loin, m'implorait de ne pas la brusquer.

– Pierre, ne lui fais pas peur...

J'ai avancé jusqu'à ma mère que les vagues, apparues soudainement, malmenaient. Le vent se levait, j'ai nagé comme dans un rêve, incertain de ce qui appartenait encore au réel.

J'ai plongé, le corps tendu vers les abysses, j'ai allongé mes bras et mes jambes et j'ai hurlé. Ou était-ce le cri d'Orphée ?

– Pierre ! Tu vas lui faire peur !

Je nageais comme un fou à présent, haletant.

– Pierre, arrête, c'est trop tard !

Je la touchais presque.

– Tu l'as sauvé, a-t-elle soupiré. Tu as sauvé Orphée.

J'ai tendu la main, l'eau, déjà, s'infiltrait dans sa bouche, sa gorge, ses yeux. J'agrippais de toutes mes forces ses cheveux, je me battais contre mille créatures marines qui cherchaient à m'arracher de ma mère, je luttais contre les dents des profondeurs qui voulaient la dévorer. Les vagues frappaient mon visage, je ne respirais presque plus, j'étais dans la gueule de la mer. J'ai tenu.

Revenu de la tempête, sauf et sauveur, j'ouvrais enfin mon poing. Il ne contenait que des algues. J'ai regagné le rivage. Orphée était à genoux. À ses côtés se tenait un prêtre. J'ai hurlé.

La nuit m'a frappé, ma mémoire engloutie. Bérénice avait disparu.

« Rachmaninov me fait pleurer. » Je me souvenais de cet aveu.

– Rachmaninov me fait pleurer, confiait ma mère quelques jours avant de disparaître. Tu entends ? Tu entends les graves du piano ? insistait-elle. Le chant du cœur qui résiste avant de mourir, non ? Ou bien le dernier baiser d'une mère ?

Elle pleurait, c'est vrai. Elle pleurait surtout quand arrivait le violoncelle.

– C'est ton côté romantique, me moquais-je.

– Non, Pierre. J'imagine le monde finir sur cet air. Seuls le piano et le violoncelle joueraient, rien de plus. Un piano et un violoncelle qui joueraient avec toute la puissance d'un orchestre.

Ainsi Rachmaninov avait-il, à mes yeux, chanté ma mère. Désormais, chacune de ses notes abritait un morceau de sa chair emportée. C'est là qu'elle reposait. Je n'écoutais plus Rachmaninov que pour me faire souffrir. Ses mélodies me faisaient l'effet de mille épines s'enfonçant dans mon corps. La douleur de la perte, partout. Impitoyable.

Ma mère devenait un souvenir très vivant, si vivant qu'il me poussait à espérer son retour. Telle est la ligne de crête sur laquelle danse un compositeur, fin équilibriste tenant entre ses mains le cœur des hommes : il console autant qu'il blesse.

Et nous autres qui écoutons, qui sommes-nous ? Le réceptacle passif de l'hésitation du compositeur. Ceux qui ne savent pas s'il faut pleurer de joie ou de désespoir. Et nous autres qui écoutons, nous lui pardonnons cette cruauté car elle s'entremêle d'espérance. Rachmaninov, je lui pardonnais tout, car le supplice cruel par lequel il écartelait mes chairs était, tout compte fait, supportable. Il s'accompagnait d'un instant d'éternité. Un instant d'éternité aux côtés de ma mère.

Puis, après la musique, le calme surgissait. Le lendemain, ma mère me manquait davantage encore. Je croyais alors l'entendre. C'était une voix à peine perceptible, un murmure lointain. C'était le silence mélodieux de Bérénice.

– Elle est partie.

Le ciel m'éblouissait. Ma joue contre la pierre, j'écoutais les vagues. La mer. La nuit aux deux lunes. Mon frère me tendait un verre d'eau.

– Bois.

Je buvais, je m'étouffais. La mer et la nuit aux deux lunes.

– Elle est partie, disait Orphée. Elle est partie.

Les cigales chantaient, l'après-midi avançait, l'air était transparent et tout manquait de saveur. Le monde, je le sentais, venait de perdre quelque chose.

– Comment ça, elle est partie ?

La mer. La nuit aux deux lunes et ma mère dans l'eau.

– Où est le prêtre ? ai-je articulé.

Orphée pleurait.

– Il est de l'autre côté. Il est avec Bérénice.

C'était impensable. Je rêvais encore. Je fermais les yeux. Je les rouvrais. Orphée s'était avancé jusqu'à l'autel, jusqu'à la bouche de l'église. Au bord de la falaise, mon frère souriait au gouffre.

– Orphée !

Il était calme, stoïque, se tenait en équilibre, les bras écartés, sur la pointe des pieds.

– C’est pas possible, c’est pas possible…

Je tremblais, la main tendue.

– Orphée… S’il te plaît.

En bas, les vagues lapaient la roche. J’imaginais les eaux argentées de l’Adriatique et les voiliers blancs au loin. La sieste des lézards et la baignade des vacanciers. De la disparition de ma mère et de mon frère qui cherchait à séduire l’abîme, le monde ignorait tout. J’étais le seul témoin de notre malheur.

Orphée me regardait. Ses yeux étaient sombres, quoique les éclats d’or volés à la nuit étincelaient âprement. Mais sa pupille… Sa pupille profonde et inscrutable me faisait peur.

L'île était méconnaissable et les visages de ceux que nous côtoyions depuis toujours étaient désormais ceux d'étrangers. Anouk, qui était sans doute la plus inquiète de tous, nous avait recueillis chez elle. Les journées nous assommaient. Orphée, muet, se réfugiait dans mes bras. La nuit, il me suppliait de rêver avec lui. Je le rassurais, je passais mes doigts dans ses boucles noires. Mes propres gestes de tendresse me hantaient, j'y voyais la trace de ma mère disparue. De l'autre côté de la fenêtre, j'entendais les gamins de l'île nous appeler. Mais nous nous refusions à la vie. La plupart du temps, Orphée dormait quand, moi, je contemplais à en sangloter le rideau léger qui nous séparait de l'extérieur, ce petit rideau de lin qui dansait au gré des heures identiques, des heures opaques, des heures mortes.

Depuis la fenêtre, je regardais les eaux dévoratrices. Fou, je maudissais leur ignominie. Il n'y avait plus rien de beau. La mer était un monstre à la gueule toujours béante et nous y nagions vulnérables, résignés. Depuis la disparition de Bérénice, la mer puait la mort.

Couché contre moi, Orphée se réveillait parfois en criant, il m'accusait d'être à l'origine de ses cauchemars. Je ne voulais pas rêver. J'attendais, creusant peu à peu la distance qui me séparait des objets et des personnes qui, invariablement, demeuraient. La table de chevet, la lampe, le tapis oriental, le mur jaune, le ventilateur, et Anouk qui entrait, désemparée, avec nos plats. Le bleu de ses yeux perdait de son éclat et je supportais de moins en moins le regard d'Orphée dont la pupille noire me rappelait celle de ma mère. Son ultime cadeau à son fils favori. Ses yeux ternis par une mélancolie insatiable, l'immonde maladie qui l'avait poussée à nager et qu'elle avait léguée à Orphée. Par sa faute, il avait du poison dans les veines.

Depuis la disparition de ma mère, nous avions la conscience aiguë de la place que nous occupions dans le monde. Son absence nous le faisait comprendre : nous étions coincés ici. Nous avions le désagréable sentiment d'être désormais rangés au mauvais endroit. Le lieu commun n'existant plus, nous ne savions plus comment nous aimer. Nous subissions le même manque. Et la même inquiétude : sans elle, quel était notre rang ? La chute de ma mère, je le comprenais, était aussi la nôtre. Bérénice était notre pays.

Je me sentais faiblir et tombai malade, frappé par une inexplicable fièvre, emporté dans un brouillard épais qui, par sa violence, m'apportait finalement une forme de repos. Une grande fatigue perçait mon crâne, je n'avais qu'à subir le manque et attendre, déchargé de toutes responsabilités, qu'il passe. Orphée disparaissait le jour, revenait parfois le soir avant de me laisser de nouveau seul la nuit, dans la lumière de quelques bougies mourantes. Était-ce la fièvre, était-ce la danse des flammes, était-ce mon désir de la tenir, tout cela à la fois, qui m'ont fait l'apercevoir une nuit ? Ma raison flanchait et les ombres naissaient.

Orphée rêvait du poème à venir. Moi, je cherchais l'origine de l'anéantissement de ma mère. Elle qui nageait si bien… Chaque souvenir prenait la couleur d'un présage. Je cherchais la cohérence, la chronologie, le point précis qui avait fait basculer ma mère. Plus j'y pensais, plus je lisais sa chute dans mille signes annonciateurs. Je mesurais aussi sa lutte, ces brefs instants au cours desquels ma mère de cristal s'était dit qu'il serait peut-être possible de vivre sans être poursuivie par le noir. « Mes vieux démons qui me connaissent par cœur », disait-elle toujours.

Les images de ma mère défilaient et je voyais en chacune d'elles la menace de sa disparition. Je la voyais peindre, elle allait disparaître. Je la voyais rire aux éclats dans les bras d'inconnus, elle allait disparaître. Elle brossait les boucles noires d'Orphée, elle allait disparaître. Elle dansait, elle allait disparaître. Ma mère disparaissait, elle le savait, et vivait intensément chaque jour jusqu'à se déchirer l'âme. Je lui avais un jour suggéré de peindre ses démons.

– Je préfère peindre un regard trouble, un ciel indécis, un geste hésitant. La franchise du noir, comme celle de la lumière, ne m'intéresse pas. Je veux peindre ce qui est fragile, Pierre. Je veux peindre le doute, le doute puissant, le même que celui qu'un Dieu a hurlé, cloué sur la croix. Et je n'y arriverai pas, c'est écrit. Mais j'essaierai.

Je ne l'ai jamais trouvée ridicule, seulement soumise à une profondeur qui lui échappait. Alors, que lui restait-il ? L'art, peut-être. La danse pour reconquérir un corps fatigué de voyager. La peinture pour fixer ce qu'elle avait découvert dans d'autres mondes. Et Orphée, surtout. Celui qui l'immortaliserait en quelques vers.

Je cherchais la chute, je cherchais l'origine. Tout était là, tout a toujours été là, tout, en même temps.

Depuis la nuit aux deux lunes, j'étais seul, fatigué de l'absence de ma mère. De mes rêves, de ma mémoire, elle disparaissait. J'oubliais son odeur, et j'étais pris d'une douleur inouïe lorsque, pour m'en souvenir, je me plongeais dans ses draps encore défaits. J'étais un animal blessé qui se vidait de son sang à trop lécher ses plaies. Je pistais tout ce que la maison avait retenu d'elle : ses sabots sur le seuil, les mèches prises dans la maille de la taie d'oreiller. Mais surtout, les pièces laissées vides. Elle était partout.

Un matin, j'espérais la trouver allongée sur son lit. Sa chambre, qu'aucune lumière n'avait touchée depuis son évaporation, était sombre et humide. J'entrais dans un sépulcre où reposaient des bijoux d'or et des sandales usées. Le lit était vide. J'entrais dans une crypte où résonnait la même prière, encore et encore. Une prière que ma mère avait inscrite dans le sol même de cette pièce. Quand elle ne dormait pas, elle pensait, arpentait en cercle sa chambre, le même chemin répété mille fois, le même mouvement encore et encore, et le plancher buvant ce mouvement et l'imprimant dans sa chair.

Ma mère avait tourné sur elle-même ici, jusqu'à en perdre la tête. Ce cercle, gravé dans le bois, ce cercle était le témoignage inquiétant de toutes ces fois où elle s'était un peu plus enfoncée dans la forêt épaisse de sa conscience.

Je l'imaginais tourner sur elle-même, artisane de sa chute, de sa descente aux enfers jusqu'au lac gelé de Dante. Elle dansait sur le lac gelé sous l'œil inquiet de Virgile. Encore et encore, comme elle savait si bien le faire, son corps déployé, don fait aux hommes de beauté. La danse de la première femme du monde au-dessus d'un lac dormant.

– J'ai l'impression que mon cœur va éclater, répétais-je à Anouk qui venait changer les draps, nettoyer le seau dans lequel je vomissais. Il va éclater, je le sens.

Anouk me consolait, m'assurait qu'elle reviendrait.

– Pierre, tu te fais du mauvais sang.

L'abrupt silence qui a suivi son départ me foudroyait. Aucun mot, aucun avertissement. Elle s'était évaporée. Ce qui, à mes yeux, était incompréhensible. Dès que je le pouvais, je me rendais dans son atelier, scrutant chaque tableau, à la recherche d'indices. Ma mère était joueuse, même quand la tragédie frappait. Je cherchais des heures, retournant les toiles, je les détaillais sous tous les angles. Mais non, il n'y avait que l'absence. Il y avait un silence encombrant qui ne calmait en rien l'esprit. Un silence qui me rappelait sans cesse sa présence.

Et puis, un jour, Orphée a eu une idée.

Ma mère se tient près de la fenêtre de la chambre qu'une étrange lumière transperce, la lumière telle qu'elle apparaît sous l'eau : vacillante, oblique, contrainte. Ma mère est de dos, ses mains couvrent son visage. Elle porte une longue jupe blanche, si longue qu'elle tapisse le sol. La lumière bleutée frappe son dos nu, souligne ses omoplates saillantes. Elle respire lentement, ses côtes surgissent à chaque inspiration. Elle a l'air d'un ange, un ange blessé dont les gestes sont suspendus, soumis à d'autres lois que celles de notre gravité. Elle est légère, lente. Ma conscience est trop raide. C'est un songe que je subis. Le tableau magnifique de ma mère réapparue... Je devrais m'endormir pour toujours, enchanté. Mais je veux davantage encore. C'est un songe que j'essaie de voler, d'emporter jusque dans ma réalité. C'est ma chambre, c'est son rêve. Je veux la toucher, je veux lui parler. Elle chante. Elle chante... Orphée chante.

À mon réveil, Orphée chantait. Et l'enfant jurait :

– On va la retrouver.

– Je veux un costume !

Orphée me secouait le bras.

– Pierre, il me faut un costume. Car si je veux être le petit prince des songes, il faut que j'en aie l'apparence.

Assommé par la fièvre, je le regardais, lui, et son visage que l'espoir ranimait. Je caressais ses joues rosies et sentais la chaleur de sa peau, j'effleurais du bout de mon pouce ses lèvres qu'il avait mordues jusqu'au sang, et je me réjouissais de le savoir vivant. Orphée n'avait jamais cessé d'attendre ma mère et songeait encore au poème à venir.

– Immortaliser sa mère en un poème... c'est bien une idée à la Orphée, ça... grinçait Anouk. Mais c'est joli... Il a raison, c'est joli. C'est ce que font les poètes, après tout. Ils écrivent leur perte.

Je regardais Orphée et l'imaginais maître d'un palais flamboyant créé en esprit.

– Tu veux un costume ? Tu l'auras.

Anouk tombait amoureuse de l'idée, rassurée par l'idée qu'Orphée, comme tous les enfants blessés par le réel, trouvait une échappatoire, voulait simplement se déguiser.

Le village, pour qui la disparition d'un seul était en quelque sorte la disparition de tous, a voulu habiller Orphée. Peaux, perles, tissus, chapeaux et bottes... Tout ce que les habitants pouvaient trouver dans leurs vieilles armoires, ils l'apportaient à Anouk dont la maison bleue se transformait en atelier de haute couture. Sous nos yeux se dressait une montagne de vêtements, une silhouette informe de couleurs et de textures que mon petit frère escaladait, ravi de ces offrandes par dizaines.

– Ma tenue se trouve dans tout ça ! N'est-ce pas, Anouk ?

Il y avait ce petit mage et son architecte, Anouk, qui détaillait son modèle. En haut de la montagne, Orphée se tenait en équilibre, les bras offerts, adoptant la même posture qu'un Christ. Les yeux fermés, il semblait murmurer quelque chose. Une prière qu'il composait pas à pas, en même temps qu'Anouk élaborait son vêtement de petit prince des songes.

Plus que jamais, nous étions les enfants de l'île, les orphelins de Sjena. Et dans la petite maison bleue de Sjena, nous retrouvions, grâce à notre entreprise commune lancée par Orphée, un foyer. Mon petit frère, qui trouvait refuge dans les doigts habiles d'Anouk, vivait. Et pour l'instant, cela me suffisait.

Chaque jour, je passais devant le mannequin paré du costume en devenir d'Orphée. Anouk, brodeuse devenue couturière, ne se tenait jamais loin de son œuvre, ajustait le vêtement, y ajoutait les détails fous qu'elle seule aurait pu concevoir : à la place de la broche, l'un de ses coquillages nacrés ; en guise de boutons, des perles offertes par les pêcheurs et au lieu d'un nœud ceignant le col, le lambeau d'une voile noire déchirée par Aleksandar. Orphée tournait autour de son habilleuse comme une phalène autour d'un lampadaire, et comptait les heures.

– Quand mon costume sera prêt, on ira rêver. D'accord, Pierre, c'est promis ?

En attendant, je rassemblais mes forces et quittais la maison bleue d'Anouk, le temps de quelques heures, le temps de me promener sur l'île. Une épreuve, pour moi, une épreuve qui rendaient lourdes mes jambes et mon âme. Car ma mère, absolument absente, était partout. Perdue, dispersée, des petits bouts d'elle éparpillés sur l'île. La maison des ancêtres, le port, la plage de sable et la jetée où je la trouvais allongée sur l'écume, Orphée reposant contre son sein.

Sous le soleil de l'île, je pensais à tous ces lieux que nous avions marqués de notre présence, tous ces lieux où nous nous étions aimés tous les trois. Je sentais que Sjena se nourrirait encore longtemps de nos souvenirs. De telles histoires ne mouraient pas, elles hantaient les lieux de leur tragédie.

Le mois d'août touchait à sa fin quand, enfin, Orphée s'est drapé de son costume. Sans le savoir, Anouk avait forgé l'armure de mon petit frère.

– Je t'ai cousu des poches dans la doublure, mon Orphée. Tous les trésors que tu trouveras ici, tu pourras les garder sur toi, comme ça.

Savait-elle que mon petit frère avait dans l'idée de partir à la recherche de Bérénice ? Orphée est enfin apparu habillé d'une veste de velours bleu aux boutons de perles et d'une chemise de lin au col élégant qu'une pince d'or nouait. À ses pieds, de grandes bottes au cuir rabougri, auxquelles Anouk avait collé de larges plumes blanches. Et dans ses boucles de jais, une couronne de fleurs confectionnée par Aleksandar, des fleurs qu'il avait sans doute empruntées aux morts qui dormaient dans le cimetière.

Orphée avançait, irrésistible, sur la place du village, là où tous les habitants s'étaient réunis afin de contempler l'enfant que, depuis des jours, ils attendaient de voir dans sa tenue de petit prince. Les larmes aux yeux, Anouk l'embrassait.

– Comme tu es beau...
C'était plus que cela. Il était tout-puissant. Un enfant fait dieu.
– Maintenant, Pierre, on continue de la chercher. Je suis prêt, murmurait-il.
Le voir ainsi m'envoûtait et je finissais par croire que nous la retrouverions. La fièvre, je le sentais, redescendait, et le chagrin passait. Je savais que ma mère était entre deux mondes, hantée à l'idée de ne plus pouvoir nous prendre dans ses bras. L'enfant que, hier, j'avais si hâte de tuer renaissait aujourd'hui plein de force et d'espoir. Tout était possible car Orphée existait. L'extraordinaire, aux yeux du petit garçon que j'étais désormais, était la voie à emprunter. Le seul chemin jusqu'à Bérénice.
Notre recherche allait pouvoir commencer. Notre enquête nous mènerait jusqu'aux confins des mondes. Nous nous apprêtions à tendre la main dans une pièce plongée dans le noir où dormaient toutes les réponses. Nous nous enfoncerions dans un monde où le fantasme serait réalité. Ainsi que ma mère l'a fait tant de fois dans les ruelles nocturnes de Sjena, nous avancerions, pour elle, les yeux fermés.
Orphée m'a tendu la main, un soir d'été, et nous sommes partis visiter les rêves de ma mère. Mon frère avait trouvé un passage. C'était l'église au chœur arraché. La nuit, sa béance était une porte. Quand les yeux des chats devenus reptiles luisaient dans le noir, nous savions qu'il était temps de quitter notre lit, d'emprunter le chemin de cailloux encore chauds et de suivre l'appel de la demeure de Dieu que nous seuls entendions. Nous courions comme des chevaux sauvages jusqu'aux portes de bois. La pierre froide, à l'intérieur, nous retenait

encore un peu avant que nous ne disparaissions tout à fait. À genoux devant le ciel qui s'engouffrait dans la nef, nous avons prié. C'est qu'il fallait de l'imagination et de la foi : la matière des songes.

Orphée a les joues roses, de la poudre sur son visage d'enfant, les paupières barrées d'un trait d'argent et les cils peints en noir. Nous sommes dans le port qu'une lumière crépusculaire embrase. Au loin, sonne une mélodie, et ce son mêlé aux rayons mourants du soleil me donne le sentiment d'être le témoin des dernières notes du monde. J'entends les touches graves d'un piano et la plainte d'un violoncelle. Orphée, vêtu de son costume de petit prince, tourbillonne avec le fantôme d'argent et je songe à la musique de Bérénice.

« Pierre, avançons jusqu'à elle. »

Dans le village, les hommes démontent leurs maisons, brique par brique, clou par clou. Je les entends casser la pierre et briser les vitres. Au loin, toujours, la mélodie de Bérénice. Je vois des hautes demeures écrasées, un lit de cailloux sur de la terre sèche. Je vois des meubles brûler, la lente disparition de ce que les hommes ont construit sur Sjena. C'est la fin des temps, et tout doit partir. Nous avançons et plus nous avançons, plus l'île est nue. Ceux que nous croisons poursuivent leur entreprise d'anéantissement. Ils ne nous regardent pas. D'ailleurs, personne ne nous regarde. Ils poussent des brouettes lourdes de cendres, portent sur le dos des sacs d'outils, marchent, parfois, les mains vides. « Que font-ils ? » je demande à Orphée. « N'aie pas peur, ils errent. »

Dans le ciel, l'astre est toujours là et la nuit n'a pas grandi. Notre fantôme nous précède. Le violoncelle nous appelle. « Nous rebâtirons tout », murmure Orphée qui, en passant devant chaque maison abattue, baisse la tête, une révérence à ceux qui disparaissent. « Nous ne reconnaîtrons bientôt plus rien mais nous rebâtirons tout, toi et moi. »

Orphée avance, ses bottes à plumes aux pieds et sa veste de velours sur les épaules. Quand un rayon traverse la pénombre de la nuit qui vient, il lui offre son visage, puis me regarde. Les reflets bleu et or s'animent. « À quoi ressemble le dernier poème du monde, tu crois ? Quand tous les vers ont été déclamés, tous les mots harmonisés, toutes les images convoquées, et qu'il ne reste plus qu'une chance, une dernière occasion... À quoi ressemble-t-il, tu crois ? » Je ne réponds pas. Le violoncelle de Bérénice larmoie. Orphée murmure : « Un tel poème est une prière. » Il réfléchit. « Peut-être même que c'est un silence. »

Nous nous enfonçons dans le bois que fuient les lézards et les oiseaux. Les arbres sont nus et scintillent comme s'ils étaient faits de métal. « Regarde ! » lance Orphée. Une femme porte dans ses bras un violoncelle qui, sans qu'elle en touche l'archer, joue notre mélodie. Son bois est magnifique, la table de l'instrument est d'un rouge flamboyant, vernie par endroits, opaque à d'autres. À l'endroit de son cœur, une cavité noire.

« Qui cherchez-vous ? » nous demande la femme au visage translucide. La musique gronde. « Nous cherchons notre mère, répond Orphée. C'est une danseuse. » La femme nous regarde et nous ne bougeons plus. « Une danseuse... Je l'ai vue. » Orphée se met à genoux devant la femme au violoncelle. « Dis-moi où je peux

la trouver. » Du bout de ses doigts, la femme frôle les boucles noires de mon petit frère. « Tu as un beau costume... Elle m'a dit que tu serais habillé comme un mage. » Orphée sourit.

La femme lui a désigné son violoncelle. « Regarde, regarde où il a été percé et plonge à l'intérieur. » La petite main d'Orphée disparaît dans l'instrument. « Tu y trouveras ce qu'elle t'a laissé : la corde la plus grave de mon instrument, celle qui fait vibrer son corps de bois, celle qui fait couler les larmes de celui qui la pince. » Orphée tenait entre ses doigts la corde enroulée. « Une note blanche, poursuit la femme. Une seule note pour que tu puisses mettre ton poème en musique. »

ꟷ

Le soleil frappait son visage. Ses cheveux avaient poussé, ses boucles tombaient désormais sur ses épaules, il se tenait fièrement devant l'autel, et l'azur était partout. Orphée était d'une beauté inouïe. En m'approchant, j'ai remarqué qu'il tremblait.

– Tu as froid ?

Il me contemplait amoureusement.

– J'ai eu froid.

Il souriait, je souriais.

– Nous sommes allés loin, cette fois, toi et moi, hein ? ai-je lâché.

– Oui... Tout au fond d'un rêve.

Était-ce toujours un jeu ? Je m'y abandonnais complètement. Je retrouvais mon frère. Je le protégeais de la douleur de l'attente. Dans ses yeux de bleu et d'or, je retrouvais la foi.

– Tes yeux, Orphée... C'est sublime.

Il a esquissé le plus triomphant des sourires.

– Si tu les vois vraiment, alors tu es enfin à mes côtés.

Orphée a passé la main dans la doublure de sa veste de velours.

– Et ça, tu le vois aussi ?

Ses doigts tenaient la corde d'un violoncelle.

Nous ne rêvions pas tous les soirs, malgré nos muettes prières. Le mois d'août touchait à sa fin, nous avions encore quelques jours devant nous et ma mère n'était toujours pas revenue. Si l'espoir d'Orphée ne s'altérait pas, le mien résistait de moins en moins aux heures qui passaient.

Quand le chagrin était trop grand, je demandais à Orphée de me montrer la corde du violoncelle. La preuve irréfutable que nous avions visité un autre monde, que nous avions, en quelque sorte, voyagé dans la conscience de ma mère. Qu'elle était toujours quelque part et qu'elle attendait. Elle patientait, le temps que nous rassemblions tous ces indices laissés afin qu'Orphée lui compose un poème.

– Quand elle l'entendra, elle reviendra.

Les rôles s'inversaient car, dans ces instants, c'était lui qui me consolait.

– Tu me le jures, Orphée ? Tu me le jures ?

– Je te le jure. C'est ma plus grande promesse, Pierre. Nous allons la retrouver car elle nous attend. Et quand elle entendra mon poème, nous serons enfin à ses côtés.

– Mais où ?
– Nous serons à ses côtés.

Les gamins de l'île avaient cessé de frapper à la porte de la maison bleue. Ils tournaient comme des vautours autour de la petite propriété d'Anouk, nous appelant en vain. Nous étions totalement aspirés par notre quête.

Orphée passait des heures à contempler la corde du violoncelle, la portant à ses lèvres desquelles jaillissait une supplication. Allongé au milieu de notre chambre, il se recueillait devant les fibres de cette corde qui n'était ni d'ici ni d'ailleurs. Il la portait à son oreille, espérant qu'elle lui soufflerait ses secrets. Il attendait le prochain songe. Et j'attendais avec lui, l'accompagnant chaque soir à l'église pour prier - nos drôles de prières de somnambules. Quand nous ne rêvions pas, nous dormions. Quand nous ne dormions pas, nous rêvions chacun de notre côté, attaqués par nos cauchemars. Ces nuits-là étaient les pires.

Je rêvais, seul, je rêvais que je courais, poursuivi par un monstre dont je ne voyais jamais le visage. Je sentais la tragédie me mordre la nuque et je me brisais les genoux sur un sol de cailloux saillants. Je me réveillais dans la douleur, les jambes encore marquées par le souvenir d'os qui se cassent. J'éprouvais la folie, celle de ma mère, celle que j'avais lue dans ses yeux sombres, et je me retrouvais, seul, face à l'autel, une longue plainte dans la gorge.

Je doutais de notre quête et, en doutant, je blessais Orphée.

– Reste avec moi, Pierre. Ne m'abandonne pas. Fais-moi confiance, je sais que c'est long, mais on va la trouver.

Peu à peu, naissait en moi l'envie de le renier. Je regardais Orphée et j'enviais ce don qu'il avait de croire, toujours, de croire qu'on la retrouverait. Je me demandais dans le même temps si l'on pouvait se perdre dans nos rêves. Je me demandais si je ne préférais pas le monde d'Orphée, là où l'abandon de Bérénice ne nous avait pas amputé le cœur. Là où elle existait encore. Des rêves... encore des rêves.

Anouk s'inquiétait de voir que, peu à peu, nous nous isolions. Nos longues veillées nous épuisaient, nous refusions parfois de manger et passions nos après-midi allongés dans notre chambre, cette pièce devenue donjon. Le costume d'Orphée, qui pendait au-dessus de la fenêtre, était une présence bizarre. Comme lui, nous appartenions à deux mondes. Comme lui, je m'étais enfoncé, enseveli même, dans le pays d'Orphée. Il m'apparaissait désormais évident que nos rêves étaient en fait les siens et que, bien loin de les avoir créés avec lui, je n'y étais, au cours de ces voyages, qu'un figurant, un pion.

Les rêves n'avaient aucun effet physique sur Orphée. Il était en territoire connu. Sur moi, ils agissaient différemment. J'éprouvais une grande mélancolie. Je laissais une part de moi-même dans chaque songe et depuis ma première visite, une étrange matière me collait à la peau. Je ressentais sans cesse l'impérieux besoin de me laver, de me frotter de sel dans l'océan, à m'arracher l'épiderme. Mon cœur me brûlait. Plus que de la mélancolie, j'éprouvais la douleur inouïe d'un chagrin d'amour.

Un homme nu, attaché à un arbre informe, tordu par la douleur. Il est jeune, son torse est à peine dessiné et ses bras sont encore frêles. Orphée s'avance et, à ses côtés, se tient la présence d'argent. L'homme nu a le corps criblé de flèches. Nous les comptons. Elles sont au nombre de cinq. De chaque plaie coule un filet de sang. L'homme ne pleure pas, ses yeux sont rivés à un ciel que nous ne distinguons pas. Il tient debout, pourtant, solide et définitif, et son regard abîmé nous foudroie. Orphée me tend la main, nous avançons. « On l'a abandonné, lui aussi, murmure mon frère. Il est seul. »

L'homme parle.

« Je suis le martyr dont on ne voit pas le bourreau. Ce pourrait être vous, ce pourrait être ce visage d'enfant la cause de mon supplice, celui qui me crible de flèches. Regardez-les, ces tiges empoisonnées qui clouent mon destin : chacune d'entre elles porte la face sombre de l'humanité. La médiocrité, la vanité, la traîtrise, l'envie, le mensonge. Regardez mon beau corps blessé ! Contemplez-le, de la première flèche qui perce ma jambe à la dernière qui perce mon sein. Qu'elles vous mènent jusqu'à mon regard d'homme hésitant

entre l'espérance et l'abdication. On m'a blessé, on m'a cru mort et pourtant, un jour est passé, et je vis encore. Je suis celui que les hommes tuent et que les anges pleurent. »

Ses lèvres ne bougent pas mais c'est bien lui qui parle. Orphée se dégage de mes bras. « Es-tu en train de mourir ? » demande-t-il au persécuté. « Oui, cher enfant, je meurs mais je meurs dans le ciel. Les peintres me dessineront, les poètes me chanteront, les croyants se souviendront... Mais je meurs et tu ne peux pas me sauver. »

Orphée essuie le sang du martyr. « Tu as le cœur d'un roi, murmure l'homme. Et elle n'est pas loin... » Je sens le rêve s'effacer et revenir les frontières du réel. « Voici vos fils », souffle-t-il. Orphée le presse : « Où est-elle ? » L'homme se repose. « Ne doute jamais, Orphée. Et si tu doutes, doute en espérant. Doute comme doutent les poètes. » L'homme s'endort. « Avant de partir, car tu en auras besoin pour viser le mot juste, arrache la flèche qui me perce la poitrine. » Pour toujours, l'homme s'endort.

Orphée manipulait la flèche avec délicatesse.

– Elle me paraissait plus grande dans notre rêve...

L'église m'a semblé désespérément vide tout à coup. La pluie de la veille avait laissé derrière elle de larges flaques tout autour de l'abside et créé des ruisselets d'eau filant entre les dalles. Des morceaux du ciel s'y reflétaient et l'immobilité de ces images bleues finissait de plonger cette grande pièce de pierre dans un silence pétrifié.

– Pourquoi chuchote-t-on dans une église comme on chuchote la nuit ? me demandait Orphée.

Il a posé la flèche sur l'autel. À la manière qu'elle avait de luire, je voyais qu'elle était faite d'une noble matière.

– Comment t'expliques-tu que nous arrivions à rapporter ces objets ? je lui demandais.

– Je ne sais pas... Ce sont peut-être des souvenirs si puissants là-bas, qu'ils prennent forme ici.

La pointe de la flèche était rouge.

– Il y a encore son sang. Vas-y, touche, si tu ne me crois pas.

J'ai tendu le doigt, avant de me raviser.

– Non, Orphée. Je te crois.

Orphée s'est allongé sur l'un des bancs, les bras en croix et son corps d'enfant comme aplati. La chair n'était plus qu'une mince enveloppe que des os saillants cherchaient à percer.

– Je ne supporte plus le jour... J'attends la nuit, tout le temps.

Plus je l'observais, plus je détaillais ce pâle visage et ces yeux changeants, ce sourire apaisé et dénaturé par le souvenir de nos errances nocturnes, et plus je comprenais combien mon frère n'avait pas sa place parmi nous. J'entrevoyais que, même vivants, nous pouvions devenir des fantômes. Parce que j'étais impuissant, parce que ma raison, petit à petit, face à la beauté de nos songes, abdiquait, parce que l'idée de partager ces heures, rien que tous les deux, m'était voluptueuse, j'ai glissé avec Orphée dans l'ombre du jour.

– Tu écriras ce que nous avons vu, Pierre ? Car les mots me sont étrangers. Je ne sais plus parler, Pierre...

De nos voyages, nous restait une collection de sensations physiques indescriptibles, d'images et de couleurs inqualifiables s'entrechoquant, luttant les unes contre les autres. Sortir d'un rêve, supporter les heures qui suivent me donnait la sensation de sortir de la mer après y avoir nagé tout habillé. Nous étions lourds, entravés.

– Pardonne-moi, Orphée... Je n'ai jamais su te comprendre. Et je sais que depuis qu'elle a disparu, tu erres seul.

De ses mains, l'enfant couvrait son visage.

– Tu es mon frère. C'est encore plus vrai depuis qu'elle n'est plus là.

En attendant le prochain rêve, Orphée s'enfermait avec des objets que nous tirions des ténèbres. Il brossait béatement son costume de velours et chuchotait perpétuellement pour lui-même. Attendrie, Anouk le rejoignait dans sa chambre et peignait ses cheveux, ses longs doigts passant dans ses boucles noires, d'une parfaite obscurité, si parfaite que la lumière du soir s'y reflétait comme dans un lac, leur donnant une teinte légèrement parme.

Ce soir-là, nous avions décidé de rester dans notre chambre. L'église attendrait. Orphée, particulièrement éprouvé par nos voyages, voulait se reposer. Sur son lit, la corde du violoncelle et la flèche reposaient.

– C'est notre trésor à nous, a-t-il chuchoté. C'est notre secret à nous, n'est-ce pas, Pierre ?

Assis en tailleur, mon frère sombrait dans une profonde réflexion.

– Des mots... Un poème... Pierre, une feuille ! Une feuille et un stylo, vite !

Il écrivait puis raturait.

– Ce n'est pas assez...

Les mains tremblantes, il me regardait, désespéré.

– Pierre, le poème... Je n'arrive pas à l'écrire...

Hagard, il tournait en rond, se frappait la poitrine.

– C'est là... Tout est là...

Hypnotisé par la corde et la flèche, il les contemplait, les frôlait du bout des doigts.

– Toute cette matière... Mais les mots, Pierre... Je ne trouve pas les mots.

Ce n'était pas assez.

– Il nous manque encore quelque chose.

Impuissant, j'assistais à l'affliction de mon frère. Ce qui, hier, le maintenait en vie, le tuait à petit feu aujourd'hui. Mon rêveur devenait fou. Je m'interrogeais : avais-je eu raison de le suivre ? N'étais-je pas en partie responsable ? Ma négligence avait-elle conduit Orphée à sombrer ?

Quand Bérénice avait disparu, Orphée s'était réveillé, seul, face à un continent qu'elle et lui avaient créé. Sans doute était-ce cette insurmontable solitude qui l'avait décidé à partir à sa recherche, le petit roi ne pouvait régner sans sa reine. Je ne voyais que deux routes possibles. Pourchasser le fantôme, croire en l'illusion, se nourrir de souvenirs et s'oublier, s'oublier jusqu'à devenir l'ombre du roi de ce pays qu'il fut un jour. Ou bien, se laisser aller à la colère de celui qui a été abandonné et tout détruire, brûler jusqu'à la cendre ce qui a causé un si vif chagrin. Rayer de la carte ce monde unique et partir sans se retourner. Mais Orphée, petit créateur qu'il était, était bien incapable de s'engager sur ce chemin. Quant à moi, j'avais fait un choix.

– Je crois... je crois que depuis que nous rêvons, j'apprends à pleurer.

Une larme d'or s'est écrasée sur la feuille aux vers perdus. Orphée souriait.

– Ce n'est toujours pas assez... Mais nous y sommes presque.

Nous avançons vers une géante de pierre que la prière des hommes a élevée. Tout autour, une ville morte. Nous traversons des rues vides. Depuis le ciel, la pluie vient à la manière de la neige. Les gouttes tombent lentement, ralenties. La gravité, ici, n'existe pas, alors, sur le ton de l'évidence, Orphée me propose de nager. « Mais il n'y a pas d'eau », je proteste. « Et alors ? »

Nous nageons dans des eaux invisibles, le corps parallèle au sol, à quelques centimètres de pavés bombés et dans le dédale de maisons désertées dont chaque fenêtre est illuminée par une bougie. « Qui a allumé ces bougies, Orphée ?

– Maman.

– Pourquoi à chaque fenêtre ?

– Pour chaque mort, pour chaque souvenir, pour tous ceux qui sont passés ici, avant nous.

– Mais nos rêves n'appartiennent qu'à nous ? »

Orphée se rapproche, allonge ses bras jusqu'à moi. « La forme de nos rêves est unique. Crois-tu que toi et moi, nous voyons la même chose ? Tu as parlé de bougies, je ne les voyais pas, et je les ai vues. Ce n'est pas important, Pierre. Ce rêve est le tien, c'est le mien, c'est le nôtre.

« Nous errons, Pierre. Nous errons dans une ville abandonnée. Combien d'hommes ont ainsi erré, avant nous ? Imagine un peu, Pierre... Je crois que Maman les comprenait, ces hommes perdus. Je suis sûr que pour chaque passant, elle a allumé une bougie. Car ceux qui arrivent doivent savoir qu'ils ne sont pas les premiers à entrer dans la nuit. Nous avons un rêve très ancien en commun, et nous le partageons dans notre sommeil. »

La cathédrale est là, elle est là depuis toujours. Nous gravissons les marches blanches jusqu'à ses portes de fer. « Attends, dit Orphée. Je connais un autre passage. » Nous contournons l'édifice et passons devant ses gargouilles, ses arcs-boutants, ses pinacles, dont les ombres, que fait danser un soleil mouvant, habillent nos corps un court instant avant d'aller tournoyer plus loin. « La cathédrale est désorientée, chuchote Orphée. Elle ne connaît pas ce soleil matinal, elle qui a toujours tourné son regard vers l'ouest. » Nous longeons le flanc gauche de l'église et caressons la pierre froide. Ses racines se déploient, remuent la terre sous nos pieds. Ce sont les fondations d'une cathédrale éternelle. La toute première cathédrale du plus ancien rêve du monde.

« Il y a une porte, une petite porte, et c'est par là que nous devons entrer », poursuit Orphée que je perds dans l'ombre. Un soupçon m'étreint le cœur, je me retourne. Notre fantôme est là, la présence d'argent. Je souris, heureux de la sentir près de nous. « Tu nous suis ? » Un bras se détache de son corps vaporeux, un bras puis une main et des doigts au bout desquels pousse une fleur. Une marguerite aux couleurs flamboyantes. Le fantôme me la tend. Entre mes doigts, la fleur et un message dont je ne saisis pas le sens. Cette mélodie dans mes oreilles : « Elle qui, tant de fois, est née sans mourir. Elle qui a eu mille sœurs, elle qui fut chacune de *ces sœurs, imagines-tu tout ce qu'elle connaît ? Guetteuse discrète, fleur rebelle, elle a vu créé son Créateur. » Le fantôme disparaît et je dépose précautionneusement la fleur au fond de ma poche.*

Je rejoins mon frère qui me demande le silence. Entre deux ombres dansantes, je distingue un garçon. Il travaille l'une des petites portes latérales, façonne les ferrures de métal à l'aide d'outils biscornus. Non, les ferrures ne sont pas de métal. C'est du verre. Oui, ce garçon forge du verre, lui donne des formes souples, serpentines. C'est un petit magicien, orfèvre étrange, qui, sur le bois d'une simple porte, crée un labyrinthe de glace. « J'en suis à la serrure », crie-t-il. « Il est aveugle », dit Orphée avant de s'approcher. « Tu nous laisseras entrer ?

– Non, je n'ai pas fini de décorer la serrure. La serrure à mille tours.

– Mille tours ?

– Aucune clé ne suffirait à ouvrir cette porte.

– Alors pourquoi as-tu créé une serrure ?

– Pour que seul l'œil puisse voir ce qu'il y a de l'autre côté. »

Orphée porte son œil d'or à l'interstice. « Tout ce que le trou d'une serrure peut contenir... » Il prend le forgeron de verre dans ses bras. « Nous allons de l'autre côté.

– Mais vous êtes déjà de l'autre côté.

– Nous allons plus loin encore. »

Mon frère embrasse la serrure du bout des lèvres. Le forgeron soupire : « On abandonne toujours un bout de soi lorsqu'on embrasse. » Nous entrons. Nous entrons et j'ai peur. Ce rêve est un cauchemar. Je veux me réveiller.

Nous entrons dans le ventre sombre d'une cathédrale agonisante. Une à une, ses pierres tombent, ses voûtes se désarticulent et nous observons, impuissants, la mort d'un prodige. L'église est grande et, pourtant, elle sera bientôt à terre. Orphée se retourne, furieux : « Tu n'y crois plus ! Tu ne veux plus rêver ! » Les vitraux éclatent. « Je n'y suis pour rien ! » je réponds. « Si ! Tu n'y crois plus ! Tout s'effondre ! » Les colonnes tiennent mais, tout autour, c'est le chaos. Orphée tombe à genoux.

La cathédrale brûle, la cendre grise nos cheveux. Je veux partir. « Réveille-toi ! » Partout, la pierre se consume. « Orphée ! Réveille-toi. » Il gît, là. « Je crois... Je crois que j'aimerais rester ici. » Une chape de glace m'enserre le cœur en même temps que je comprends. Nous ne sommes plus dans le rêve. Nous atteignons le rivage de la folie. Mon frère contemple la cendre, il y dessine des formes obscures. Il s'endort et s'enfonce. Orphée ne veut plus vivre. Il me tourne le dos, retenu par une prière que je n'entends pas. Je l'embrasse, le supplie, l'appelle. Orphée ne me voit plus, il ne voit qu'elle. « Bérénice... »

Un profond silence s'est abattu sur l'église. J'ai éprouvé le besoin de me taire et d'être seul, d'être le dernier homme sur terre et de marcher dans un désert de sable ou de glace jusqu'à ce que mon corps épuisé me trahisse, jusqu'à ce que mes jambes affaiblies se dérobent. J'ai éprouvé le besoin de ramper à même le sol et de me faire tout petit, de ramener mon buste à mon visage et d'écouter les battements de mon cœur vaincu. Je suis sorti de l'église, les portes se sont refermées derrière moi et j'ai marché le long du chemin terreux jusqu'à la maison de nos ancêtres, comme nous l'avons fait tant de fois. Le soleil a ignoré ma tristesse et, impitoyable, a fouetté mon dos nu. Les cigales chantaient, les chats dormaient, l'île vivait.

Je suis entré dans le salon où reposaient nos portraits. Je me croyais mort. Je me souvenais de la fleur, de cette petite marguerite qui dormait dans ma poche. Elle avait disparu et, dans ma paume, s'effritait désormais un amas de cendres grises. Elles étaient encore chaudes.

Orphée avait disparu.

La corde, la flèche, la larme d'or et la cendre. Je répétais ces mots des jours durant. La corde, la flèche, la larme d'or, la cendre. Tout ce que, dans nos rêves, ma mère nous avait légué. Tout ce que, dans nos rêves, Orphée a rapporté. Des ingrédients. Une recette. Les éléments qui composeraient le poème de Bérénice.

Dans quelques jours, je partirai sur le ferry. Je l'attendrai au bout de la jetée, seul ou peut-être aux côtés d'autres passagers, mais sans les miens. Diminué, j'ai préparé ma valise, rangé les habits d'Orphée et de ma mère dans un placard de la chambre, là où d'autres vêtements aux odeurs de poussière reposaient. L'espoir de leur réapparition s'étiolait peu à peu dans mon esprit. Je savais aussi que s'ils revenaient un jour, ce serait ici, sur cette île. Tout serait prêt. Ils n'auraient qu'à pousser la porte de la maison, je leur aurais laissé une carafe d'eau car le voyage aura été long, ils monteraient ensuite dans la chambre et se reposeraient. Je n'ai rien pris, je n'ai laissé aucune lettre, aucune trace de mon passage. Comme eux avaient disparu de ma vie, je disparaissais de la leur.

Tout est devenu calme, après cela. Je suis allé chez Anouk qui savait déjà. Tout le monde savait, personne n'en a parlé. Quand je croisais des habitants, certains me tapaient sur l'épaule. D'autres hochaient la tête, simplement. La méfiance qu'il y avait jadis envers nous, étrangers, avait disparu. Parce que je connaissais la perte, j'étais désormais un des leurs. Anouk et Aleksandar se relayaient pour s'occuper de moi.

Lorsque l'hébétude devenait trop grande, Aleksandar m'emmenait pêcher. Certains soirs douloureux, notre barque a vogué sur la nuit. Les eaux noires, immobiles, reflétaient le ciel... Il y a eu des nuits claires, il y a eu des nuits brumeuses, mais chaque soir, j'ai déposé un peu de mon deuil en défiant de mes yeux secs l'univers. C'est une habitude que j'ai prise, où que je sois : qu'à l'heure où les étoiles creusent l'obscurité, je sois là moi aussi, avec elles, à partager leur grand secret. Je suis devenu errant, comme elles, je suis devenu un homme qui voyage.

Aleksandar chantait.

« C'est un conte d'un autre temps,
L'histoire d'un pêcheur et de son fils.
L'homme aimait chasser la nuit
Quand l'enfant craignait les eaux noires.

Sois sûr, mon fils, que cette mer ne veut pas de toi. Ce soir, elle a faim d'étoiles.

Les eaux noires étaient calmes, les astres s'y reflétaient parfaitement

Si bien qu'il fut difficile, et pour l'homme et pour l'enfant, de distinguer le ciel de l'océan.

Plonge ta main dans les eaux noires, mon fils, et rapporte-moi une étoile.

L'enfant eut peur, plongea sa main dans l'eau du ciel noir et en sortit une étoile.

Écoute, mon fils. Écoute comme la lune rit. »

J'attendais le poème d'Orphée en m'écorchant les yeux sur la béance de l'église que le ciel grignotait chaque jour un peu plus. Rien ne venait. La corde, la flèche, la larme d'or et la cendre. Les cierges, immobiles, ne brûlaient pas. Orphée avait disparu.

Son costume aussi.

Les gamins de l'île étaient des étrangers. Eux dont, sans comprendre la langue, j'avais toujours partagé l'instinct, étaient devenus de parfaits inconnus. J'avais perdu le goût de l'insouciance. Je ne les méprisais pas pour autant, au contraire, et peut-être même que j'enviais leur liberté, leur désir, que j'aimais croire éternel, de sauter dans l'eau depuis la jetée et d'éclabousser le monde entier. C'était leur triomphe à eux, tandis que le mois d'août était sur le point de s'achever. J'aurais voulu me lever et applaudir. Mais l'image de ces gamins riant aux éclats m'a renvoyé à ma profonde solitude, la solitude tranquille des moines peut-être, ou des mourants. La solitude des hommes que l'idée des beaux jours suffit à faire sourire. Alors, du haut de mon enfance achevée et que je laissais sur l'île devenue tombeau, j'ai souri. Assis sur le petit banc de la jetée, j'ai attendu le soir de pied ferme et ai tué mes souvenirs un à un. Car c'était ma dernière nuit et j'attendais un poème.

« Ferme les yeux, murmure Orphée. Et songe. »

Nous laissons des empreintes de nous sur terre. Nous logeons dans des objets absurdes, nous existons dans la marge d'une lettre, nous colonisons même des monuments. En disparaissant, ceux que nous quittons se souviennent et ainsi, sans même le vouloir, nous épaississons le quotidien. Rien de ce que nous touchons ne reste intact, et qui sait quelles promesses nous frôlons lorsque nous avançons dans une cathédrale ?

Sa veste de velours bleu et sa chemise de lin au col élégant. Sa couronne de fleurs et ses bottes ailées.

« Ferme les yeux, et songe. » Je le prends dans mes bras. « Mon cœur se tient prêt, Orphée. » Mon frère était un ange sombre. Il était une voix.

« Là où je suis, les dieux pleurent et j'avale leurs larmes
Tous les poèmes ont été écrits mais la reine des eaux dormantes attend encore le sien
Nourri par mes créateurs, je compose, fou, pour elle un chant

Que je n'achèverai jamais
Des vers d'or, pour la reine des eaux dormantes, ce seront des vers d'or,
L'été fait poésie
Pour elle, les rimes s'effacent et voici que naît
Un poème à son image ;
Et ce continent éphémère où je l'ai rencontrée
Là où le temps, pourtant fort cruel, a accepté de mourir
A ployé
Face à l'infini de sa beauté.
Elle est la mère, elle est l'amante, elle est la fille,
Elle est l'immémorielle
La reine des eaux dormantes a les yeux gris de la cendre et la pupille profonde, et pour elle,
Ce sera une promesse écrite
Et toujours en vers libres
Libre comme l'a été son cœur d'argent,
Libre, comme le soleil et la lune, qu'elle adore, qu'elle guette,
Ces astres concurrents qui dansent une danse étrange
Sans jamais se croiser
Et toujours en dansant
Libre, comme cette valse inconnue qu'elle dessine
Libre comme cette promesse que la reine des eaux dormantes doit tenir
D'être toujours l'impétueuse étoile, celle que l'œil devine sans jamais fixer ; celle qui, en fléchant la nuit, en dévoile toute la beauté.
À vous tous qui avancez dans la nuit, suivez l'étoile absente,
Et je vous retrouverai
Je vous nommerai dans les ténèbres

Vous danserez sous mes paupières
Car je suis le poète de la reine des eaux dormantes,
La vôtre,
La reine de tous les hommes. »

« Tu as sauvé Orphée. » Ce sont les dernières paroles de ma mère.

Mon frère s'est pourtant endormi. De la folie, je ne l'ai pas sauvé. De la mort, alors ? Peut-être... Je ne l'ai jamais revu. Anouk est restée sur l'île. Aleksandar s'occupe des morts. Le prêtre est un songe.

On raconte que Bérénice danse encore.

On raconte qu'un petit poète habite l'église au chœur déchiré.

Ce roman est né dans la nuit. Elle a été éprouvante, longue, et je veux nommer ceux qui m'ont accompagnée jusqu'au petit matin. Du fond du cœur, merci à :

Mon Alice

Ma famille

Mes amis, Wally, Bruno, Paule, Aurélia, Paul, Margaux, Pierre, Anne et Hermine

Et enfin, merci à Dana et Flandrine

Préparation de copie : Sophie Loria
Correction : Amandine Farges
Maquette de couverture : Raphaëlle Faguer
Fabrication : Marine Garguy & Sébastien Dos Santos
Composition et mise en pages : Nord Compo à Villeneuve-d'Ascq
Photograveur : IGS-CP

Illustration de couverture : Maxfield Parrish, *Soirée étoilée*, 1900

Achevé d'imprimer en France
par CPI Firmin-Didot
en juin 2023
N° d'impression : 175205